KB180231

개구리소년 실종 사건 현장도

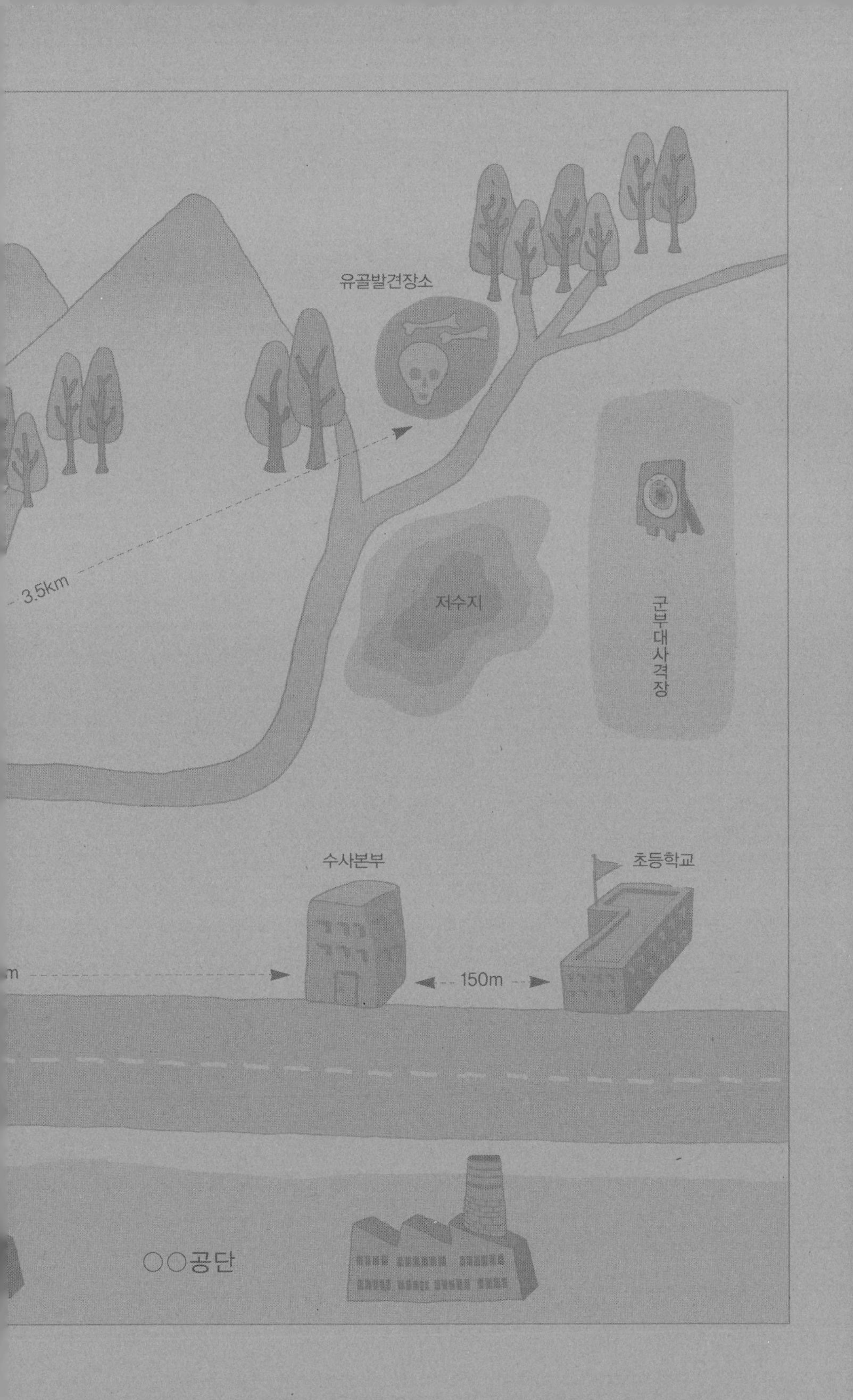

유골발견장소
3.5km
저수지
군부대사격장
수사본부
초등학교
150m
○○공단

아이들은 산에 가지 않았다 1

국립중앙도서관 출판시도서목록(CIP)

아이들은 산에 가지 않았다 : 한 심리학자의 개구리소년 추적기 : 김가원 실화 소설. 1 / 김가원 지음. -- 서울 : 디오네, 2005
ISBN 89-89903-79-3 04810 : ₩ 8800
ISBN 89-89903-78-5(전2권)
813.6-KDC4
895.735-DDC21 CIP2005002226

아이들은 산에 가지 않았다 1

한 심리학자의 개구리소년 추적기

김가원 실화 소설

디오네

머리말

이 책은 1991년 3월 26일에 발생했던 일명 '개구리소년 실종 사건' 에 대한 이야기를 소설화한 것이다. 당시에 대한민국 땅에 살았던 거의 모든 사람들이 그 아이들의 행방을 알아보려고 전례가 없는 노력을 기울였던 것을 기억할 것이다. 그럼에도 불구하고 단서 하나 없는 전대미문의 미제사건으로 넘어가고 있던 1996년 1월, 필자는 실종 어린이 부모 중 한 사람이 그 사건의 범인이고 아이들의 사체는 집안 어딘가에 매장되어 있을 거라고 주장했다. 어떻게 그런 황당무계한 주장이 나오게 되었을까?

결론부터 말하자면 당시 필자의 주장은 오판이었다. 이 책을 내기로 결심했을 때 주변에서는 왜 자신의 오판에 대한 이야기를 세상에 드러내 다시 한번 웃음거리가 되려 하느냐고 지적했다. 하지만 과거의 잘못에 대한 반성이 미래의 길잡이라는 필자의 신념이 그 모든 것을 극복할 수 있었다.

당시에 필자가 가설을 전개하는 과정에서 잘못 듣고 잘못 보았을 가능성은 얼마든지 있다. 하지만 한 가지 분명한 것은 학자의 양심에 따라 기억나는 것을 사실대로 기록했다는 점이다. 맹세컨대 이 책에 의도적인 왜곡은 없었음을 선언한다. 차분한 마음으로 끝까지 정독하고 난 후에 이 책에 대한 평가가 있기를 바란다.

이 책은 2005년 1월부터 동년 10월까지 인터넷에 소개되었던 내용이다. 하지만 상당 부분을 수정 또는 보완했음을 알린다.

이 책이 출간되기까지 오랜 시간 동안 많은 분들의 노력이 있었다. 그분들께 감사의 글을 올리고자 한다. 그분들의 이름을 일일이 기억할 수는 없지만 한 가지 공통점은 있다. 한결같이 우리 사회와 진실에 대한 책임감에서 보고 들었던 모든 것을 전해 주었다는 점이다. 어떤 분은 직접 먼 길을 찾아와 자기 생각을 전해주기도 했다. 아마도 그런 분들의 도움이 없었다면 그 사건에 대한 많은 이야기들은 영구히 묻혔을지도 모른다. 나는 그분들에게 진심으로 감사의 마음을 전한다.

월간 「신동아」에 근무했던 이기혁 기자님께 먼저 감사를 드리지 않을 수 없다. 나는 그분의 오래된 명함을 볼 때마다 가슴 저미는 아픔을 느낀다. 만약 그분이 살아 있었다면 이 사건이 미제로 남지 않았을 것으로 믿는다. 사건의 윤곽을 가장 근접 거리에서 목격한 분이었기 때문이다.

어느 날 그분과 같이 사건 현지로 가던 길에 창밖을 바라보며 "의심이 가면 파보는 거죠"라고 중얼거렸던 한마디를 나는 지금도 기억하고 있다. 중국에서 차량 사고로 고인이 된 그분의 명목을 빌면서, 그분의 기자정신을 많은 사람들에게 알리는 것으로 삼가 감사의 마음을 올리고자 한다.

우리 사회의 문제점을 지적하고 잘못된 것을 밝히는 일에는 누가 뭐라고 해도 기자만큼 대단한 분들이 없다. 많은 기자분들이 나를 도와주었다. 그중에서도 모 방송사 T 기자님을 생각하면서 여기에 감사의 글을 적는다.

그분은 이 사건의 또 다른 실체에 접근할 수 있는 근거를 제공했고 같이 뛰면서 동고동락했다. 먼 훗날 이 사건의 실체가 정확하게 드러난다면 그분이 어떻게 기여했는지 알 수 있을 것이다. 아직도 그 사건을 손에서 놓지 못하고 괴로워하는 T 기자님께 진심으로 감사의 말을 전한다.

1996년 1월, 나의 오판으로 시작된 발굴 소동으로 인하여 여러 면에서 곤경에 처했음에도 불구하고 뒷수습을 감당하느라 수고 많았던 모 방송사 직원 여러분께도 고마웠다는 말을 전한다. 특히 방송 프로그램을 통해 계획된 수순을 밟아가려 했던 R PD님의 구상은 나의 경솔함으로 인해 수포로 돌아가게 되었다. 그 점에 대해 10년이 지난 이제야 사과의 말을 올린다.

평생을 자식 교육에 남달랐던 부모님께는 죄송한 마음뿐이다. 수년 전에 고인이 되신 아버지께서 남기신 유언은 내 가슴에 하나의 돌비석이 되어 남아 있다. 그러나 유언 내용을 어떻게 해석하느냐에 대해서는 아버지와 다른 생각을 가지고 있음도 고백한다.

텍사스 허허벌판에 세워진 기숙사에서 아내는 필자를 새벽까지 기다리곤 했다. 그 어려운 세월을 이겨낼 수 있었던 것은 남편이 훌륭한 학자가 되기를 바라는 간절한 소망 때문이었을 것이다. 그 모든 것을 허공에 날리고 엉뚱한 데 빠져 가정에 소홀했던 남편을 지금까지 묵묵히 지켜보며 뒷바라지를 해준 아내에게 무슨 말을 해야 할까. 막상 감사의 마음을 전하려니 그에 상응되는 단어가 떠오르지 않는다. 긴 시간 생각 끝에 그저

미안하고 고맙다는 말로 감사의 글을 대신할까 한다.

이 책은 '개구리소년 이야기(실반)' 란 이름으로 2005년 1월부터 동년 10월까지 인터넷에 소개되었던 내용이다. 글의 성격상 초반부터 회원들의 반응이 엇갈리면서 격심한 의견 차이가 있었다. 그런 와중에서 카페를 관리하고 오프라인 모임 행사까지 치러주신 회원 여러분들에 대한 고마움을 빠뜨릴 수 없다.

어려운 시기에 행사 준비를 하느라 헌신적으로 노력해 주셨던 닉네임 물고기좌님이 먼저 떠오른다. 그리고 카페 운영을 맡아 불철주야 수고해주신 파랑새님, 해와달님, 이은경님, 푸른사자님, 레오님, 루시님, 그리고 dotori81님께 감사하다는 말을 전하고 싶다.

특히 오프라인 행사에 참석하기 위해 멀리 미국과 캐나다에서 오신 분들도 있었다. 장기간 한국에 머물며 카페를 위해 동분서주 노력하신 탐추님과 저나바도님에게 고맙다는 인사를 전한다.

사실 나에게 든든한 버팀목이었던 것은 4만여 회원 여러분들이었다. 그분들은 정의의 눈을 크게 뜨고 멀리서 카페를 지켜보며 막강한 침묵의 힘이 되어 주었다. 그분들을 향하여 독

도까지 들리도록 '감사합니다!' 라고 외치고 싶다.

특별히 나는 닉네임 파랑새님을 잊을 수 없을 것 같다. 토론방 1402번 「진실이 무엇 때문에 중요하냐구요?」라는 글에서 파랑새님은 '잘못된 과거에 대한 반성과 현재의 노력만이 밝은 미래를 가져다 줄 것이라 믿습니다. 잘못된 것들을 바로잡기 위해서 우리는 어떤 노력을 해야 할까요? 먼저 이런 사실이 있었음을 세상에 알리고…' 라고 이야기했다. 잘못된 과거를 감추지 않고 우리 모두가 있는 그대로 알아야 한다는 것. 나는 그것을 '파랑새 정신' 이라고 부르고 싶다. 닉네임 파랑새는 그 카페의 주인이었고 앞으로도 그 정신은 계속 이어질 것이다.

내가 그 사건의 실체를 과학적으로 밝혀나가는 과정에서 여러 분야의 전문지식을 제공해 준 분들이 있다. 그분들께는 사실 고마움 그 이상의 의미를 남기고 싶다. 또한 이 책의 성격상 있을 수 있는 법적인 문제에 대해 자문을 해준 법조계 친구들에게도 감사의 마음을 전한다. 물론 출간을 만류했던 친구들에게도 똑같은 마음이다.

내가 감사를 올려야 할 분들 중에는 아주 특별한 인연도 있다. 이 책이 출간될 수 있게끔 백방으로 힘을 써주신 (주)씨네

메카엔터테인먼트 박대표님, 임전무님, 그리고 직원 여러분께 고마운 마음을 전한다.

끝으로 여러 가지 어려운 문제점이 있음에도 불구하고 출판 매체의 막중한 사명감에서 이런 이야기를 세상에 내놓겠노라고 선뜻 나서주신 디오네 출판사 대표님에게 대단히 큰 고마움을 전하면서 감사의 글을 마치고자 한다.

2005년 11월

김가원 올림

차례

1권

2권

프롤로그

잊을 수 없는 기억들

2000년 어느 봄날이었다. 바다와 육지가 곡선으로 만나 속삭임을 주고받는 파란 경계점에서 나는 선주와 머물고 있었다. 침묵은 깨지기 위해서 그토록 긴 시간 동안 입을 굳게 다물고 있었던 것일까. 선주의 통통 튀는 목소리가 파도소리와 함께 침묵을 깨기 시작했다.

"저는 봄이 따분해서 싫어요."

"……."

내가 아무런 반응을 보이지 않자 선주는 갸름한 얼굴을 바다 쪽으로 향한 채 다시 말을 이었다.

"문득 선생님 강의가 생각나네요. 넓은 생활공간은 기억공간을 넓혀 준다고 했던 거요. 이렇게 드넓은 봄 바다를 내려다 보고 있자니 지난 일들이 선명하게 떠올라요. 그런 걸 추억이라고 하나 보죠?"

"……."

"제가 선생님께 처음 전화했던 날 기억하세요? 굉장했죠?"

"아직도 그걸 잊지 않고 있니?"

"곰곰이 생각해 보니까 화가 치밀잖아요."

"뭐가?"

"저에게 유일하게 C학점을 주신 게 바로 선생님이거든요."

"하하하, 그럴싸하게 보였던 그 엉터리 답안지?"

"문제는 제가 C학점을 받게 된 게 순전히 선생님 때문이니까 그렇죠."

"뭐? 나 때문이라고?"

"예."

"솔직히 말하면 그때 C학점도 많이 봐줬던 거야."

"알아요."

"그런데?"

"푸훗, 제가 그때 채점을 어떻게 했는지 공개하라며 막무가내로 대들었죠. 기억나세요?"

"……."

"그런데 사실 제가 알고 싶었던 것은 그게 아니었어요."

"그럼?"

"저는 사범대에서 수학을 전공했어요. 부모님 때문이었죠. 하지만 저는 그쪽으로 관심이 없었어요. 싸돌아다니면서 뭔가를 캐야 직성이 풀리는 스타일이거든요."

"그래서?"

"저는 기자나 수사관 쪽으로 진로를 잡아야 적성에 맞을 것 같아요. 그때도 범죄심리학을 공부해 보고 싶었어요. 범죄심리에 대해서는 모든 게 궁금했거든요. 그래서 한동안의 방황을 정리하고 심리학과에 편입했던 거죠."

"아무튼 특이해."

"고생해서 번 돈으로 등록한 첫 학기, 첫 시간! 그때 선생님을 처음 만나게 됐어요. 그렇게 해서 그 C학점이 탄생했던 거죠."

"그래서?"

잠시 딴전을 부리고 있는 선주를 보며 나는 뭔가 불안한 마음이 들었다. 나는 다시 선주에게 다그치듯 물었다.

"그래서 어쨌다고?"

"이렇게 앉아 있는 선생님과 저의 모습을 남들이 보면 뭐라고 할까요?"

"……."

"연인?"

"까불지 말고, 그게 왜 나 때문이야?"

"좋아요. 어차피 선생님과 저는 그곳에서 만나야 하니까요."

선주는 결심한 듯 입을 열었다.

"그날 아침 설레는 마음을 다스리며 저는 맨 앞줄에 앉았어요. 그리고 잠시 후에 선생님이 교단에 올라섰어요."

하얀 나비들의 소리 없는 군무가 노란 유채꽃 능선에 한 폭의 봄을 흩뿌리기 시작했다. 연붉은 복사꽃 향기마저 나른하게 주변으로 번지고 있었다.

"선생님이 고개를 드는 순간 저는 잠시 동안 숨을 쉴 수가 없었어요. 왠지 아세요?"

"……."

"그 순간 저는 '어! 저 남자를 어디서 봤는데!' 라는 한 마디 소리를 마음속으로 외치고 있었거든요."

나는 짧게 고개를 돌려 마치 처음 보는 듯한 표정으로 선주의 옆모습을 훔쳐보았다. 그러나 이미 긴 세월이 흘렀음을 확인하고 얼른 고개를 돌려버렸다.

"나를?"

나는 방어하듯이 물음을 던졌다.

"예."

"어디서?"

"모르죠. 하지만 분명히 봤다는 생각이 강하게 들었어요."

"하하하… 그래서?"

"왜요?"

"계속해 봐."

"저는 그때부터 선생님의 모든 것을 샅샅이 살피기 시작했어요."

"그러느라 공부를 못했다? 그래서 내 책임이다, 이거니?"

"아닌가요?"

"그렇게도 핑계가 궁했니?"

"저는 궁금증에 걸려들면 그것을 풀기 전에는 아무것도 못하는 이상한 성미가 있거든요. 그것이 병이라는 거 알아요. 하지만 그게 저예요."

"그래서?"

"그때부터 선생님이 교단에 설 때마다 저는 선생님의 눈, 코, 입, 어깨, 걸음걸이, 뒷모습 등등 모든 것을 샅샅이 더듬어 가면서 어디서 봤는지 기억해 내려고 무진 애를 썼어요. 하지만 졸업할 때까지 기억해 낼 수가 없었어요. 그래서 결국은 포기했죠."

"당연하지."

"당연하다고요?"

선주는 의아하다는 듯이 눈망울을 굴렸다.

"인간의 기억현상 중에 '데자뷰' 라는 게 있어. 처음 온 곳인데 순간적으로 전에 와본 것 같은 느낌이 든다든지, 아니면 분명히 처음 보는 사람인데 어디선가 만난 적이 있다는 느낌이 드는 현상이야. 그런 현상은 주로 몸이 허약한 상태에서 일어나는 것으로 알려져 있어. 선주가 그런 것을 느꼈다면 아마도 그 당시에 건강상태가 좋지 않았겠지. 하지만 본인은 그걸 모르고 넘어가는 경우가 거의 대부분이거든."

"그래요? 정말 그럴까요?"

나는 말없이 고개를 끄덕였다.

"하지만 저는 선생님의 그 주장을 거부합니다."

"그래? 무슨 근거로?"

"그 미스터리는 나중에 풀렸거든요. 그 당시 저의 기억은 정확했어요. 저는 선생님을 본 적이 있었어요."

멀리 눈 아래로 펼쳐지고 있는 파도의 너울거림을 따라가면서 나는 기억공간의 후미진 곳에서 잠시 방향을 잃고 있었다.

"호호호… 왜요? 뭐 짚히는 게 있어요?"

선주의 직선적이고 제동되지 않은 표현들이 쏟아질 것 같았다. 나는 그것을 침묵으로 맞을 수밖에 없었다.

"저는 선생님의 정체를 알아요."

"정체?"

"이제 말하세요."

"……."

"선생님은 누구세요?"

"……."

"두려워하지 마세요. 저는 이미 선생님의 파트너예요."

"파트너?"

"예."

"무슨 파트너?"

"그 사건!"

"그 사건?"

선주가 일방적으로 몰아가는 상황을 피해보려고 나는 슬그머니 잔디에 등을 붙이고 하늘을 쳐다보았다. 하지만 그곳에도 내가 숨을 공간은 없었던 것일까. 흘러가는 구름 사이로 과거의 기억들이 하나둘씩 되살아나고 있었다. 나는 길게 한숨을 토했다. 나의 목이 단숨에 뎅그렁 잘려 나갔던 그 처참한 패전의 현장으로 나는 서서히 빠져들고 있었다.

"어디서 무슨 소리를 들었어?"

"대학원에 진학하고 처음 학회에 가서 우연히 들은 이야기예요. 심리학의 본 고장 미국에서 학사 · 석사 · 박사학위를 받은 한국 사람으로는 선생님이 처음일 거라면서요?"

"……."

"정확히 말하면 선생님은 물리심리학자라면서요?"

"……."

"로버트 솔소 박사의 수제자가 바로 선생님이었다는 말에 저는 놀랐어요. 제가 이번 학기에 교과서로 쓰고 있는 원서도 솔소 박사가 쓴 책이에요."

"그래서?"

"그런데 어느 날 갑자기 선생님은 무대에서 사라진 거예요. 마치 실종된 사람처럼 말이에요. 그 일로 선생님은 카이스트에 사표를 제출했고, 청운의 꿈을 허공에 날린 채 지금 여기에 이렇게 누워 있는 겁니다."

"으음…."

나는 쓰디쓴 마른침을 삼키고 있었다. 반 평 남짓 누워 있는 자리가 지구의 심연으로 그대로 내려앉기를 간절히 소망하고 있었다.

"죄송해요. 기억하기 싫은 부분을 들추어서요. 하지만…."

"하지만 뭐?"

"저는 알고 싶어요."

"다 들었을 거 아니야."

"아뇨. 전혀 듣지 못했어요."

"그럴 리가?"

"그 사람들이 아는 것은 선생님의 강력한 주장으로 그곳을 파게 됐고, 그리고 사체가 나오지 않자 모든 책임을 지게 됐을 거라는 것밖에 아무것도 없었어요."

"……."

"하지만 저는 지난 3년 동안 선생님을 유심히 관찰했던 사람이에요. 반드시 무슨 사연이 있었을 거라고 믿어요."

"그걸 알아서 뭐 하게?"

"그냥 궁금해서요."

"궁금해? 노처녀가 신경 써야 할 일은 따로 있을 텐데."

"놀리지 마세요. 저는 지금 진지해요."

"알 필요 없어. 나도 이미 오래전에 모두 잊었어."

"잊었다고요?"

"……."

내가 입을 다물자 선주는 기억 속에 간직하고 있었던 필름 한 장을 꺼내기 시작했다.

"1996년 1월 12일 오후 5시경 성난 주민들에 에워싸여 경찰관의 보호를 받으며 사건 현장을 빠져 나오는 선생님의 모습, 제가 TV 화면에서 봤어요."

"……."

"그러니까 저의 기억은 정확했죠!"

"……."

"그 뒤 선생님은 구속됐죠. 그리고 법정에서 징역 1년을 구형받았죠. 다행히 어느 판사의 아량으로 징역형은 면할 수 있었고요."

나는 단번에 몸을 곧추세워 선주를 정면으로 응시했다.

"어디서 들은 거야?"

"말했잖아요. 저는 궁금하면 아무것도 못 한다고요. 요 며칠 동안 선생님과 관련된 기록들을 모두 뒤져봤어요."

"이런!"

"죄송해요."

잠시 동안 침묵이 우리 둘 사이에 끼어들었다.

"그럼 다 알면서 뭘 물어보는 거야?"

"모든 게 다 명확한데 한 가지가 없거든요. 선생님이 왜 그곳을 파게 됐는지 그 점에 대해서는 전혀 기록이 없어요."

"……."

"그래서 제 나름대로 여러 가지 추측을 했죠. 그러다 보니

선생님이 왜 모든 것을 잊고 싶어 하는지 알 것도 같아요."

"......"

"선생님이 그 뒤로 겪어야 했던 사회적 응징이 너무 컸던 거죠. 감당할 수 없을 정도로 말예요. 학회에서 만난 어떤 교수님에게 들었어요. 교수임용심사 마지막 단계에 올라간 그 다음 날부터 주변에서는 선생님에 대한 소문이 퍼지기 시작했대요."

"으음…."

"아이를 잃어버린 부모를 살인범으로 몰고 그것도 부족해서 아이들의 사체는 집안 어딘가에 묻혀 있다고 주장하는 황당한 사람이라고요. 그래서 심리학회에서도 제명당한 사람이라고요. 그것은 선생님께 치명적인 일이었죠."

선주가 하는 말에 나는 아무런 대꾸도 할 수가 없었다.

"생각해 보면 그런 식의 이야기가 어디 학교에서만 나돌았겠어요?"

"......"

"지금도 알게 모르게 어떤 피해를 입고 있는지 충분히 짐작이 가요. 그 사건에 관련된 한마디면 선생님은 사회적으로는 사형선고를 받은 거나 다름없었을 거예요."

"그만해!"

"아뇨!"

"더 해서 뭐하게?"

나의 격해진 목소리는 잠시 제동력을 잃고 있었다.

"그 문제가 선생님 개인의 문제라고 생각하세요? 그래요?"

"……."

"그때부터 선생님은 달팽이처럼 속으로 숨어버린 거예요. 마치 모든 것을 포기한 것처럼 말이죠."

선주는 저항할 시간도 주지 않고 나를 몰아가고 있었다.

"맞죠?"

"다 잊었어!"

"천만에요! 절대로 그렇지 않아요. 요즈음도 그 사건과 관련해서 뭔가 하고 있다는 것을 저는 다 알아요."

"알아? 뭘?"

"선생님이 그랬잖아요. 충격적으로 기억하게 된 것은 절대로 잊혀지지 않는다고요. 단지 잊은 것처럼 보일 뿐이라고요. 그 사건은 선생님에게는 엄청난 충격이었어요. 일생에서 가장 큰 충격이었을 거예요. 그런데 그것을 잊었다고요? 그걸 믿으라고요?"

"그래서 알고 싶은 게 뭐야?"

"말해 주세요. 왜 그곳을 파게 됐는지."

"그건 단순한 오판이었어."

"오판이었다고요?"

"그래. 오판이었어!"

"바로 그거예요!"

"그거라니?"

"어떻게 그런 황당한 오판이 나오게 됐느냐 그거죠. 다른 사람은 몰라도 전 선생님이 그렇게까지 황당한 사람이라고는 생각하지 않거든요."

"으음…."

나는 다시 한번 짧은 신음을 뱉어냈다.

"분명 무슨 사연이 있을 거예요."

"선주 머릿속에 그런 이야기를 집어넣는다는 것 자체가 잘못된 일이야. 그냥 어떤 미친 인간이 벌인 해프닝이었다고 생각하고 넘어가. 그게 세상을 편하게 사는 요령이니까."

"실망이에요. 선생님은 그런 분이셨나요?"

"……."

선주의 눈길은 한동안 수평선 어딘가에 유순하게 머물고 있었다. 그건 또 다른 에너지를 축적하는 과정이었다. 다시 돌아온 선주는 목소리에 강도와 속도를 더하고 있었다.

"영웅심에 들떠서? 파서 나오면 한건하고 아니면 말고 그런 식이었나요?"

"……."

"선생님은 세상 사람들이 말하는 바로 그런 분이었어요? 정말로 그래요?"

"……."

"아니면 두려운가요? 그래서 똥을 입에 넣고도 달고 맛있는 양 우물거리고 있는 그런 사람인가요?"

"말이 지나치다!"

"그럼 아닌가요?"

선주의 커다란 눈동자가 움직임을 멈추고 나를 응시하고 있었다. 그녀의 눈길은 모든 것을 다 토해내라는 무언의 압박으로 나를 조여 오고 있었다. 나는 선주가 이끄는 방향으로 서서히 빠져들고 있음을 느꼈다.

꽤나 긴 시간이 흐르고 뭔가를 포기한 듯한 골 깊은 한숨 소리에 이어 어느덧 나의 혀가 움직이기 시작했다. 누군가에게 하고 싶었던 무의식적인 고백이었을까? 나는 차분해진 목소리에 스스로도 짐짓 놀라고 있었다.

"그날 아침에도 태양은 솟아올랐어."

"그날 아침이라면?"

"파던 날 말이야."

선주는 나의 턱밑으로 시선을 바짝 들이댔다. 나는 손을 뻗어 수평선 위에 내걸린 붉은 태양을 가리켰다.

“바로 저 태양이었겠지. 동이 트는 모습을 바라보며 그런 생각을 했었지. 둘 중에 하나는 끝없는 벼랑으로 추락해야 하는 날이 밝아오는구나, 오늘도 이렇게 해는 솟는구나, 이런 생각….”

“…….”

“그때 내 심정이 어떠했는지 누가 짐작이나 할 수 있을까.”

선주는 조용히 침묵하며 다음 말을 기다렸다.

“알 리가 없지. 내가 아니니까.”

“…….”

“햄릿 읽어 봤어? 햄릿의 아버지는 덴마크의 왕이었어. 헌데 동생이 그를 독살한 뒤 왕위를 빼앗은 것은 물론 햄릿의 어머니까지 부인으로 삼았어. 비극이지. 그런데 어느 날 밤에 죽은 왕이 혼령으로 아들 앞에 나타나 복수를 당부하고 동이 트기 전에 사라진 거야. 그제야 햄릿은 자기 아버지가 독살됐다는 심증을 가지게 되었지만 확증이 없었기 때문에 복수의 결단을 내릴 수가 없었어. 증거를 잡기 위해서 눈앞에서 벌어지는 온갖 치욕을 인내하면서 계략을 연구했던 거지. 햄릿은 감정보다는 이성을 중시하는 사람이었어. 그날 동이 트는 창밖을 보면서 햄릿 이야기가 떠올랐어. 확실한 증거를 확보하기 위해서 일단 물러서야 할지 아니면 파도 사체가 나오지 않을 확률이 더 크다는 것을 알고도 승부를 해야 할지 결단을 내려야 하는 그 기로에서….”

선주는 말없이 고개를 끄덕이고 있었다.

“그때 내 판단이 틀렸다고 선언하고 그냥 물러서야 했을지도 몰라. 그런데 그 사건을 해결하려면 결국 정면승부를 할 수밖에 없다는 생각이 들었어. 나는 그날 아침에 이성을 잃었던 거야. 왠지 알아?”

“…….”

“화가 치밀었거든! 분노 말이야!”

“분노요?”

“그래. 그것은 분명히 분노였어. 약자의 분노!”

“약자의 분노라니요?”

“내가 그 사건을 해결해 보려고 경찰로, 검찰로, 그리고 언론사로 돌아다니면서 들었던 공통된 이야기가 뭔 줄 알아?”

선주는 서서히 고개를 가로저었다.

“당신 말이 옳다는 거야. 분명히 뭔가 있다는 거야. 그 사람들은 모두 그렇게 생각했단 말이야.”

나는 높아진 목소리를 낮추려고 잠시 흰 구름이 흘러가는 쪽으로 시선을 던졌다.

"그런데 왜 행동이 없느냔 말이야, 왜?"

"……."

"그렇게 신중하고 현명했던 수많은 사람들이 왜 그 사건에 대해서 단서 하나 확보하지 못했느냔 말이야. 그리곤 결국 나에게 그 삽자루를 건네주느냔 말이야."

나는 그 절실했던 기억의 끝을 더듬느라 잠깐씩 숨을 멈추었다.

"그래! 너희가 용기가 없으면, 그렇게도 책임지는 게 두려우면 내가 삽을 들으마. 그 대신에 내가 희생되고 나면 그때는 너희가 나서라. 그래서 그 아이들이 왜 죽게 되었는지 어디에 묻혀 있는지 밝혀다오. 그날 아침에 나는 속으로 그렇게 외쳤어."

"……."

"그렇게 해서 그 운명의 삽은 내 손에 들려 있었던 거야."

봄 햇살이 선주의 긴 속눈썹에서 스펙트럼으로 부서져 깜빡이고 있었다. 그러나 둘 사이에는 진공상태의 침묵만이 흐르고 있었다.

"음… 하지만 이제는 잊었어."

"왜 그렇게 잊은 척하는 거죠?"

"선주는 이해 못해."

"뭘요?"

"그것은 가방 들고 산으로 출근해 본 사람만이 이해할 수 있는 거야."

"좋아요. 다 좋아요. 그럼 정의는요?"

"정의? 방금 정의라고 했니? 하하하."

"선생님이 그랬잖아요. 태어나서 죽을 때까지 평가로부터 자유스러운 사람은 아무도 없다고요. 남을 평가하고 남으로부터 평가를 받고 그렇게 이어지는 게 인생이라고 했잖아요. 그리고 인간이 이 세상을 떠나는 마지막 순간에는 자신으로부터 평가받는다고요. 그때는 자신이 자신에게 '너는 정의롭게 살았느냐?' 라고 묻는다고 했잖아요. 그 질문에 대한 응답은 피할 수도 없고 왜곡될 수도 없다고요. 그런 말을 우리에게 전해주는 선생님이 어느 광장에 우뚝 서 있는 동상처럼 보였어요. 정의롭게 산 사람이 마지막 승자라는 말! 제 가슴에 금자탑으로 우뚝 서 있는 그 말! 제가 사는 날까지 바라볼 그 등대! 그거 다 빈말이었던가요? 정의로운 사람으로 보이게 하려고 연습해서 줄줄 외워 둔 화술이었던가요?"

"……."

"그래요?"

선주는 재차 다그치듯이 물었다. 나는 말문을 열 수밖에 없었다. 무슨 말이라도 해야 할 것 같았다.

"정의, 멋있는 말이지. 하지만 누가 뭐라고 해도 난 잊었어."

"아뇨. 선생님은 지금도 그 사건을 추적하고 있어요."

"하하, 좋아. 뭘 추적하고 있는데?"

"서울 호 80에 23 × × 승합차!"

선주의 말을 듣는 순간 나는 결코 작지 않은 충격을 받았다. 나의 미간은 일순간에 심하게 일그러졌다.

"그걸 어떻게?"

"말했잖아요. 저는 이미 선생님의 파트너라고요."

"너…."

"누구냐고요? 저는 선생님의 제자예요. 지금은 파트너고요."

"처음부터 의도적으로 접근했던 거야?"

"죄송해요. 그럴 생각은 아니었는데…."

선주는 말끝을 흐렸다. 나는 이 상황을 어떻게 헤쳐 나가야 할지 당황스러웠다. 선주를 단순히 맹랑한 아가씨로만 알았던 게 실수였다는 생각이 들었다. 나는 방향을 급선회했다.

"좋아! 파트너 하지. 까짓 것 어려울 거 없지. 단 조건이 있어."

"뭐죠?"

"정체부터 밝히고…."

"걱정 마세요. 저는 첩보 걸은 아니니까요. 굳이 이야기하자면 미모의 절도범이라고나 할까요? 호호호."

"절도범?"

"학회에 다녀 온 이후로 저는 선생님에 대해서 모든 것을 조사하기 시작했어요. 그러던 중에 생각지도 않은 횡재를 만났죠. 서영이 알죠?"

"서영이라면…."

"서영이가 연구소 열쇠를 가지고 있더라고요."

"뭐?"

"서영이가 서울로 올라갈 때 열쇠 회수하는 것을 선생님이 깜빡했던 모양이에요. 그런데 그 서영이가 이번에 저희 대학원에 입학했거든요."

나는 기억창고에서 황급히 열쇠 하나를 찾기 위해 더듬거리고 있었다.

"그것 보세요. 선생님은 스스로 치밀하다고 생각할지 모르지만 제가 볼 때는 엉성해요. 그래서 저 같은 파트너가 필요한 거죠."

"그래서 그 다음엔?"

"연구소에 들어갔죠."

"뭐라고?"

꺾일 것 같지 않은 선주의 눈길이 정면으로 나를 응시하고 있었다.

"누구와?"

"저 혼자요."

"언제?"

"밤에요."

"간도 크네. 분명히 혼자야?"

"예."

"뭘 봤는데?"

"그 추적 일지요."

"커…!"

"죄송해요. 너무 궁금해서요. 이제 제 목숨은 선생님 소유예요. 저 파란 바닷물에 처넣으셔도 저는 할 말이 없어요."

껌뻑거리는 선주의 커다란 눈망울을 바라보며 나는 할 말을 잊었다. 얼마나 시간이 흘렀을까.

"끝!"

선주가 입가에 미소를 지으며 한마디 내뱉었다.

"뭐가?"

"소유권 끝! 시간을 줬을 때 패죽이시든지 어쩌든지 했어야죠. 멀쩡한 처녀가 언제까지 유부남의 소유물이 될 수는 없잖아요?"

"나 원 참! 어쨌든 좋아. 그래서 그 기록을 다 봤단 말이야?"

"예."

"그래서 이제 어떻게 할 건데?"

"파트너로 써 달라는 거예요. 제가 그랬잖아요. 파고 뒤지는 데는 제가 좀 한다고요."

"좋아. 써주지. 그런데 임무 끝이야."

"예?"

"할 일이 없거든. 추적은 이미 종료됐어."

"아뇨! 박달재에서 기록했던 내용을 보면 주기적으로 찾아가는 곳이 있던데요."

"어쨌든 모든 것은 다 확인됐고 파트너는 더 이상 할 일이 없어. 됐니?"

"좋아요. 그럼 파트너가 부탁하나 할게요. 제가 손에 넣은 것은 추적에 대한 기록일 뿐 선생님이 왜 그곳을 파보게 됐는지에 대해서는 아는 게 전혀 없어요. 다른 사람들처럼 말예요. 그것에 대한 기록은 아마도 따로 보관돼 있을 것 같은데…."

“그건 안 돼!”

나는 급히 선주의 말을 잘랐다.

“있긴 있죠? 그럼 됐어요. 있다는 것만 확인했으면 언젠가는 제 손에 들어오게 돼 있죠. 저에게 삼 일만 시간을 주세요. 삼 일 안에 선생님의 생각을 바꿔놓을 테니까요.”

“어떻게?”

“지금부터 생각해 봐야죠. 겁쟁이라며 자존심을 건드려 봐도 안 되고, 그 흔한 정의를 팔아도 소용없을 것 같고… 음… 아무튼 쉽지는 않겠지만요.”

“해 봐라. 절대로 그런 일은 없을 거다.”

장밋빛 태양이 바다로 떨어지고 있었다.

얼마 후 나는 선주와 함께 바닷가를 떠났다. 아마도 그날 무수히 많은 사람들이 해안선을 따라 흰색 승용차 한 대가 남쪽으로 내려가는 것을 목격했을 것이다.

하지만 일상에서 늘 보는 그런 작은 사건을 시간이 흐른 뒤에 누가 기억할 수 있겠는가. 시간의 흐름과 기억력의 마술은 그렇게 한 사건의 문을 닫아 버렸던 것이다.

삼 일 뒤. 선주의 말처럼 나는 생각을 바꿨다. 그 사건과 관계된 모든 것을 이야기 식으로 정리한 원고는 고스란히 선주

손에 넘어가 있었다. 완강한 고집은 필연적으로 뒷면에 치명적인 허점을 남기나 보다. 선주가 내 앞에 내민 논리는 너무도 간단해서 어이없는 그런 것이었다. 하지만 놀랍게도 나는 거기에 전혀 저항할 수 없었다.

여기 당시 선주가 읽었던 원고를 이제 독자 여러분에게 공개한다.

제1장

그 사건과의 인연

1993년 3월 중순이었다. 연구실에서 일을 마치고 기숙사에 도착해 조용히 문을 따고 들어섰을 때 벽에 걸린 시계가 열두 시를 알리고 있었다. 밖에는 또 한차례 눈이 퍼붓고 있었다. 식탁 위에는 다듬다 만 푸성귀가 날짜도 없는 한국 신문지 위에 널려 있었고, 그 한쪽 모서리에 있던 어느 검찰총장의 이야기가 우연히 나의 시야에 잡혀들었다. 재임 기간 동안 '개구리소년 실종 사건'을 해결하지 못하고 물러나는 게 가장 아쉽다는 내용이었다.

나는 그때 처음으로 '개구리소년'이라는 단어를 접하게 되었고 그 사건과의 인연은 그렇게 시작되고 있었다. '개구리소년' 이라는 단어는 나에게 무어라 말할 수 없는 강한 인상을 남겼다.

"검찰총장이라면 권력의 중심에 있었던 사람인데… 뭔지는 몰라도 대단한 사건이었던 모양이군."

일상에서 늘 있을 수 있는 이런 어렴풋한 궁금증만 기억창고에 남겨뒀을 뿐 나는 논문 마무리에 분주한 나날을 보내고 있었다.

그 후 두 달 정도 지난 5월 어느 날, 나는 몇몇 사람들과 학교 테니스장에 와 있었다. 그 자리에는 최근에 유학 온 미스터 양도 있었다. 그를 만나자 두 달 가까이 나의 기억창고에 묻혀 있던 '개구리소년' 이라는 단어가 갑자기 떠올랐다. 다른 사람들도 최근의 고국 소식을 들으려고 그를 중심으로 자연스럽게 둘러앉았다.

"거 참! 귀신이 곡할 일입니다. 아이들 다섯이 한꺼번에 사라졌다는 것 말고는 제가 출국할 때까지도 아는 게 없습니다. 벌써 2년이 넘었는데 수사는 전혀 진척이 없습니다."

"산이 험합니까?"

고개를 끄덕이다 말고 누군가 물었다.

"아이들 다섯 명이 실종될 만한 그런 산이 아니랍니다. 그리고 그 산 일대에서 평떼기 수색까지 했답니다."

"펑떼기 수색이 뭡니까?"

"한 사람 당 일정한 면적을 할당해서 쇠꼬챙이로 짚어가면서 집중적으로 수색하는 겁니다. 그것도 수십 번씩 했다는데 아무 흔적도 찾을 수 없었답니다."

주위에 모인 사람들은 그 이야기를 들으며 나름대로 그럴싸한 가설을 내놓으려고 애쓰는 분위기였다. 영문학을 전공하는 사람이 먼저 가출설을 내밀었다.

"가출이지."

"가출은 아닙니다."

미스터 양이 자신 있게 그를 차단하고 나섰다.

"왜요?"

"아이들이 돌아오지 않으면 우선 쉽게 생각할 수 있는 것이 가출이지만 생각해 보세요. 단순 가출이라면 그만큼 온 나라가 들썩거렸으면 누가 연락을 해도 했겠죠. 안 그래요?"

가출설이 설득력을 얻지 못하자 누군가 자연스럽게 노동설로 말을 잇고 있었다.

"그럼 누가 잡아간 거지."

"제 생각도 그렇긴 한데요…."

미스터 양은 쉽게 노동설에 동조하면서도 뭔가에 걸려 주춤거리고 있었다.

"누군가가 외진 곳에 잡아둔 채 일을 시키고 있을지도 모르겠네요. 그러면 찾기도 어려울 테고요."

그 말에 미스터 양은 고개를 내저었다.

"하지만 그냥 찾아 본 정도가 아니거든요. 전국을 다 뒤집다시피 했어요. 전국에 있는 앵벌이 소년들을 전부 다 잡아들여 조사도 했고, 심지어 사람이 살지 않는 섬까지 뒤졌는데도 흔적이 없어요. 그리고 애들을 찾아 달라고 부모들이 전국 방방곡곡 안 다닌 데가 없어요. 게다가 각종 매스컴을 통해서 집중 홍보를 했기 때문에 '개구리소년'을 모르는 사람이 없을 정도거든요."

"그렇군요."

"정말 굉장했습니다. 지금도 한국에서는 세 사람이 앉으면 그 이야기를 합니다. 연일 전국적으로 반상회가 열리고, 심지어 해군과 공군도 지원에 나섰고, 검찰과 경찰은 명예를 걸고 그 사건을 해결하겠다고 벼르고… 아무튼 안 해 본 짓이 없어요. 그런데 전혀 흔적조차 포착할 수가 없단 말입니다."

"그 정도 했으면 누가 봐도 봤을 테고 어디서 나와도 나왔을 텐데 이상하네요. 없어진 아이들이 하나둘도 아니고 다섯 명이나 되는데 말예요."

노동설이 주춤거리는 사이에 미스터 양이 한마디 던졌다.

"그래서 하는 말 아닙니까. 사람 다섯이 흔적도 없이 사라지다니 정말 귀신이 곡할 일 아닙니까?"

정치학을 전공하는 T씨는 사회교란설을 들고 나왔다. 어수선한 집권 말기에는 병리적 현상이 나타나게 마련이고, 그런 과정에서 사회에 불만을 품은 사람들이 혼란을 목적으로 그런 일을 벌일 수도 있다는 주장이었다.

"보세요. 부시 행정부에서 클린턴 행정부로 넘어가는 이 과도기에 비정상적인 범죄가 미국 사회에서도 나타나고 있습니다."

"있을 수 있죠."

"LA 폭동 사건 보세요. 그게 정상적으로 있을 수 있는 일입니까? 그리고 또 텍사스 와코에서 사이비 종교 추종자들이 전원 사망했던 사건 기억하시죠?"

그 말을 들으며 모두들 고개를 끄덕거렸다. 그러나 왠지 개구리소년 사건과는 거리가 있다는 듯이 별 반응이 없었다.

잠시 시간이 흐른 뒤 누군가 급기야 정신병자설을 들고 나왔다. 그는 이상행동의 가능성을 제시하고 있었다. 예를 들자면 아이들의 신체 일부를 먹으면 병이 낫는다는 미신 행위나 정신이상자의 뚜렷한 목적 없이 자행된 행동에 의해서 아이들이 희생됐을 것 같다는 주장이었다. 그러나 그 가설은 더 큰 벽에 부딪혔다. 정신병자가 집단으로 다섯 명의 남자아이들을 통제한다는 것은 불가능하다는 것이다.

다시 얘기가 끊기고 아무도 그럴싸한 가설을 내놓지 못하고 있을 무렵 미스터 양이 뭔가를 준비하면서 주춤거렸다.

"제 생각에는…."

잠시 침묵이 흐르고 있는 사이에 모든 이의 시선은 그 쪽으로 기울었다.

"누군가 산에서 놀던 아이들을 데려간 게 분명하긴 한데요. 앵벌이 같은 일을 시키려고 데려갔는데 생각보다 사건이 커지면서 감당하기 어려우니까 희생시키지 않았을까 하는 생각이 들어요. 끔찍한 말이기는 하지만 살해해서 묻어버리면 누가 알겠습니까?"

"화! 아이들 다섯 명을 다?"

"그냥 돌려보내면 될 텐데."

여기저기에서 탄식에 가까운 말들이 터져 나오고 있었다.

"에이! 돌려보낼 수가 없죠. 생각해 보세요. 그 아이들이 납치범들을 기억할 수도 있고, 갇혀 있던 장소를 알고 있다고 생각하면 어떻게 돌려보내겠습니까? 안 그렇습니까?"

인간의 심리를 전공하는 나에게 미스터 양이 지원을 기대하는 눈빛을 보냈다. 나는 그 순간 다른 생각에 깊이 빠져들고 있었다. 그러다 문득 주위 사람들이 내 말을 기다리고 있다는 것을 의식하고 현실로 돌아왔다.

"맞습니다. 엄밀하게 말하자면 인간의 행동반경에는 한계가 없거든요. 인간의 역사를 보세요. 전쟁, 대량학살, 생체실험, 엽기적 살인… 그거 죄다 사람들이 한 거 아닙니까? 충분히 그럴 수 있죠."

"와… 정말 그랬을까?"

"예외적으로 일어나는 사건에서는 얼마든지 가능합니다."

"하긴 가끔씩 소설 같은 이야기가 실제로 있더라고."

이야기가 두서없이 오가고 있었다.

"주변에서도 그렇게 보고 있습니까?"

보통사람들이 어떤 생각을 가지고 있는지 궁금해서 내가 한마디 물었다.

"말은 안 해도 대다수가 그렇게 믿고 있는 거 같아요. 이미 살해됐을 거라고요. 만약 지금까지 살아 있다면 어디에서 나와도 나왔겠죠. 그중에 한 명이라도 말입니다."

다소 피곤해진 몸을 이끌고 기숙사로 돌아오면서 나는 어렵지 않게 미스터 양의 가설에서 허점을 발견할 수 있었지만 이미 살해됐을 거라는 주장에는 공감하고 있었다. 그러나 그 사건에 대한 나의 관심이 특별했던 것은 아닌 것으로 기억된다.

며칠 후, 나는 프래드 가에 있는 동양가게에 와 있었다. 그곳은 된장, 고추장, 콩나물, 기타 등등 한국 식품을 구비해 놓고 한국 사람을 상대로 장사하는 식품가게다. 물론 주인도 한국 사람이었다. 그곳에서는 비디오도 대여해 주고 있었는데, 나는 가끔씩 「전원일기」를 빌려 보곤 했었다.

그날도 나는 최근에 나온 「전원일기」를 찾으려고 진열대를 살피다가 갑자기 시선을 한 곳에 고정시켰다. 「그것이 알고 싶다—증발」이라는 표제를 보게 된 것이다. 인간의 기억구조는 실제로 무의식 영역을 가지고 있다. 나의 기억창고에 저장되었던 '개구리소년' 이라는 개념이 증발이라는 단어에 민첩하게 접합되었다.

야릇한 운명의 실마리는 그렇게 다시 이어졌다. 비디오 내용을 가게 주인에게 묻자 예상대로 '개구리소년 실종 사건' 에 대한 내용이라는 대답이 돌아왔다. 그때까지 알려진 모든 것을 상세하게 담고 있다는 것이었다.

집으로 돌아온 직후부터 비디오는 계속해서 돌기 시작했고 내가 옆 건물에 사는 후배를 부른 것은 자정이 가까웠을 무렵이었다. 후배가 옆자리에 앉을 때까지 나의 시선은 TV 화면을 떠날 수가 없었다.

"이게 뭐예요?"

"도롱뇽이 어떻게 생긴 동물인지 아나?"

답변을 생략한 채 나는 대뜸 후배에게 질문을 던졌다.

"도롱뇽요? 그런 단어를 듣긴 했지만 뭐… 개구리 비슷한 거 아닌가요?"

"정확히 어떻게 생겼는지는 모르지?"

"선배님은 압니까?"

"이걸 보기 전까지는 몰랐지. 그날 아침에 아이들이 산으로 잡으러 간 것은 개구리가 아니라 도롱뇽이었대. 더 정확하게 말하자면 도롱뇽도 아니고 도롱뇽 알이었대."

"그게 어째서요?"

"하지만 '개구리소년' 이라는 단어의 의미는 개구리를 잡으러 갔다가 실종된 소년들이라는 말이잖아."

"의미는 그렇죠."

"소년들은 도롱뇽 알을 잡으러 갔다가 실종되었거든. 그런데 왜 '개구리소년' 이라는 단어가 나왔을까?"

"에이, 그거야…."

"그거야 뭐?"

"그거야 개구리를 모르는 사람은 없지만 도롱뇽은 우리 같은 사람들에게는 좀 생소한 것이니까 그냥…."

"그냥?"

"예."

"사람은 주어지는 자극에 대해서 선호성을 가지는데, 대부분 학습에 의해서 형성되지만 태어나면서부터 가지고 있는 선호성도 있지. 자극의 선호성을 어떻게 상업적으로 응용할 것인가에 대해서 많은 연구가 진행되고 있는데 하나만 알려줄까?"

"하! 이 야밤에 느닷없이 심리학 강의라니요. 해보세요."

"코카콜라 병의 허리가 여자의 허리처럼 곡선으로 들어갔어. 왜 그랬을까?"

"……."

"콜라를 적게 담으려고?"

"하하하, 그건 아니겠죠."

"펩시콜라가 코카콜라를 못 따라가는 이유 중 하나가 그 빌어먹을 허리 때문이지. 사람들의 마음이 쉽게 요동친다는 말이야. 그 회사에서는 그것을 적절하게 응용하고 있었지. 심리학에서는 이것을 인지적 친근성이라고 이야기하거든."

"그래서요? 그것이 그 사건과 무슨 관련이 있는데요?"

"단어에도 같은 원리가 적용되거든. 홍보에는 친근성이 높은 단어를 써야 효과가 크다는 말이야. 유명인사나 배우가 광고에 등장하는 이유가 바로 그거 때문이야."

"우리 선배님, 말이 길어지기 시작하네. 그 사건과 무슨 상관이 있냐고요?"

"아, 개구리가 코카콜라고 도롱뇽이 펩시콜라지. 무슨 말인지 알겠나?"

"……."

"당시에 그 사건을 기사화했던 사람들의 심리상태를 분석해보자고. 그 이야기를 빨리 많은 사람들에게 전달하기 위해서 친근성이 높은 개구리라는 단어를 써야 했어. 그 파급효과는 엄청나게 빠르게 진행될 수 있으니까 말이야."

"의도적으로 그랬단 말입니까?"

"아니지. 무의식적으로 그런 과정을 거쳤을 거란 말이지."

"그래서 도롱뇽이 개구리로 둔갑했다 이런 이야긴가요?"

"자넨 또 실수하고 있어. 도롱뇽이 아니야."

나는 테이프를 앞으로 돌려가며 내가 원하는 부분을 찾아 정지시켰다.

"봐. 투명한 긴 튜브에 담긴, 저렇게 생긴 거야. 저것은 개구리하고는 전혀 다른 거야."

"아무튼 알이든 새끼든 일단 개구리라고 해야 사람들이 쉽게 이해하니까 그냥 '개구리소년' 이라고 했겠죠."

"그냥 쉽게?"

"예."

나는 잠시 후배와 눈을 맞추었다.

"나는 그 점에 중요한 의미를 두고 있거든."

"무슨 의미요?"

"정확하지 않더라도 쉬운 쪽으로 가려는 경향 말이야. 게다가 대중을 의식한… 대중을 의식한다는 말이 무슨 뜻인지 알겠나?"

"……."

"대다수에 의존한다는 말이거든. 그것을 무의식적 친근성 오류라고 이야기하고 싶어. 나는 그게 마음에 걸려."

"구체적으로 좀 얘기해 주실래요?"

"뭐랄까. 휩쓸려서 엉뚱한 곳으로 떠내려가는, 전달하기 편하고 이해하기 쉬우니까 그냥 대충 흘러가는…."

"그래서요?"

"도롱뇽 알은 일반 사람들에게는 생소한 거야. 그 말은 도롱뇽 알이 어떻게 생겼는지 정확히 아는 사람은 흔하지 않다는 이야기잖아?"

"뭐 그렇겠죠."

"시골에 살았거나 사는 사람들만이 그게 뭔지 알 거라는 말이지."

"이 밤에 그걸 따져서 뭐 하실 건데요?"

"이 비디오를 검토해 보니까 아이들이 그날 아침에 산에 올라갔던 것은 스스로 결정해서 실행한 행동이 아닌 것 같아."

"아니면요?"

"누군가 시켰을 거라는 생각이 들어."

"그래요?"

후배의 빈정대는 듯한 기색은 단번에 자취를 감추었다. 대신 호기심 어린 목소리가 질문으로 새어 나오고 있었다.

"누가요?"

"인간의 행동은 스스로 결정한 것을 행동으로 옮기거나 아니면 누군가로부터 지침을 받아서 행동하거나 둘 중에 하나야."

"간단히 말해서 누가요?"

"모르겠어? 이야기했는데."

"주변 사람이라는 말인가요?"

"꼭 찍어 제시할 수는 없지만, 이 사건은 왠지 엉뚱한 방향으로 흘러서 표류하고 있다는 생각이 들어. 상식적으로 받아들이기 어려운 의문점이 많아."

나는 다시 한번 비디오를 돌려서 구체적인 정황을 검토하기 시작했다. 영화배우 문성근 씨가 진행자로 나오는 「그것이 알고 싶다—증발」 편에서 아이들의 가상 행적은 너무도 간단했다.

1991년 3월 26일 화요일, 그날은 기초의회의원 선거일이었기 때문에 학교에 가지 않은 다섯 아이들이 아침 8시경에 철수네 집 마당에 모여 놀고 있었다. 그때 옆방에 세 들어 사는 청년이 시끄러우니까 나가 놀라고 하여 밖으로 나온 시각이 8시 30~40분경이었다. 그 길로 아이들은 개구리(도롱뇽 알)를 잡으러 ○○산으로 향하게 되었고 그 이후로 아이들의 행방을 전혀 모른다는 것이다.

"여기저기에서 쏟아진 목격담 때문에 일을 그르친 것 같다는 생각이 들어. 방송에서는 가장 믿을 만한 것은 실종 어린이 철수의 형 한수와 S 아주머니의 진술이라고 이야기하고 있는데… 어때?"

"신빙성이 있어 보이잖아요."

"하지만 S 아주머니의 진술에는 문제가 있을 수도 있어. 이론적으로는…."

"왜죠?"

나는 비디오테이프를 뒤로 돌려서 S 아주머니의 진술을 숨죽여 다시 들었다. 그 아주머니는 ○○산으로 올라가는 길목에 살고 있었다. 아이들이 사라지던 그날도 아침 9시에 일하러 가기 위해서 산을 내려오다가 막대기와 깡통 같은 것을 들고 산 쪽으로 올라가는 다섯 명의 아이들을 목격했다는 것이다. 그리고 그들 중에 누군가가 '도롱뇽을 잡으러 가는 데 두 시간 정도 걸리겠지?' 라고 하는 말을 들었다고 진술하고 있었다.

"뭐가 문제라고 생각하나?"

"글쎄요."

"우선 저 아주머니의 진술은 주의집중이 없는 상태에서의 청각기억에 의존하고 있어. 하지만 청각기관을 통해서 집중력 없이 저장된 것은 신뢰성이 거의 없거든."

"실험결과가 그렇다는 말이죠?"

"물론 이론상 그렇다는 말이지. 저 아주머니의 진술에 문제가 있을 수 있는 또 다른 근거가 있어. 실험심리학적으로 진술에는 크게 두 가지 종류가 있는데, 먼저 회상의 경우에는 상대방을 전혀 모르는 상태에서 기억해야 하는 상황이야."

"저 아주머니가 그 애들을 알 수도 있잖아요?"

"내가 보기에는 그런 것 같지 않아. 우선 동네가 다르고, 그 아이들을 사전에 알고 있었다면 이름을 이야기했을 텐데 그런 게 없잖아."

"그래서요?"

"그래서 회상은 상대적으로 어렵고 실수율이 높아. 반면에 재인은 상대방을 사전에 알고 있는 상태에서 보았는지 안 보았는지를 선택하는 과정이기 때문에 상대적으로 쉽고 정확도가 높거든. 만약 저 아주머니의 진술이 회상이라면 문제가 있어."

"실종된 아이들을 전혀 모르기 때문에 자세히 기억하기가 어렵다는 거죠?"

"그렇게 볼 수 있지. 반면에 실종 어린이 철수의 형 한수나 같은 학교에 다녔던 친구 장호와 영호의 진술은 상대적으로 쉬운 재인 기억 과정이거든."

"그들의 진술은 정확하다는 말인가요?"

"일단은 그렇게 보는 것이 과학적이지. 그래서 나는 아이들이 그날 아침 9시경에 산으로 향하는 것을 봤다는 저 아주머니의 진술에는 문제가 있을 가능성이 높다고 생각해."

"이론이 실제 사건과 얼마나 일치할지는 모르는 거잖아요?"

"그건 그래. 하지만 우선 과학적 근거를 바탕으로 전체적인 윤곽을 잡아 볼 수는 있잖아. 그리고 두 번째 의문점은…."

나는 비디오에서 실종 어린이 성수 어머니의 진술 부분을 찾고 있었다.

"사건이 나던 날 오전 11시경에 성수를 찾아 나섰다고 하잖아. 여기에 뭔가 중요한 의미가 있어."

"어떤?"

"시골에서 아이들이 놀러 나간 경우를 생각해 봐. 보통의 경우에는 점심때가 지났는데도 들어오지 않으면 찾아보는 게 일반적이지 않나? 어때?"

"보통은 그렇죠."

"어째서 성수 어머니만 11시부터 아이를 찾아 나서게 됐을까?"

"에이, 그거라면 저는 별로 이상한 점이 없다고 생각하는데요."

"왜?"

"엄마 마음으로 뭔가 불길한 것을 느낄 수도 있거든요."

"엄마 마음?"

"예."

"엄마 마음이라…."

"예."

"엄마 마음은 무슨 특별한 능력이라도 있다는 말인가?"

"……."

"좋아. 하지만 과학자로서 나는 그 점이 쉽게 납득되지 않아. 11시에 갑자기 가슴에 심한 통증을 느끼고 이상한 예감이 들어 아이를 찾아 나서게 됐다는 말이…."

"다른 이유가 있었을 거란 말이죠?"

"11시부터 아이를 찾게 된 배경이 있을 것 같아."

"글쎄요."

"실험심리학에서 말하는 예감이란 미래에 일어날 일에 대한 선견이나 경험하지 않은 과거 정보를 어떤 초인적인 힘으로부터 전달받는 것이 아니야. 그것은 미신적인 해석에서만 가능한 일이지. 따라오고 있는 거야?"

"듣고 있어요."

나는 후배가 집중하고 있는지 확인하고 다시 말을 이었다.

"과거에 실제로 존재했던 어떤 사실이 있다고 생각해 봐. 그것에 대하여 구체적인 접근을 쉽게 연결시키지 못하거나 접근이 무의식적으로 억제되고 있을 때 발생하는 심리상태를 예감이라고 보고 있거든."

"예를 들자면 어떤?"

"예를 들자면 과거에 보았던 것을 정확하게 기억하면 '예'라고 대답할 수 있지만 본 것도 같고 안 본 것도 같아서 구체적인 접근이 어려울 때는 일종의 감으로 남는 거야."

"예감도 결국 과거 사실과 연결된다는 말인가요?"

"바로 그거야. 인간의 기억은 출력에 관한 문제야. 그리고 그 출력은 입력에 근거하니까 실제로 예감이 있었다면 그것은 과거에 입력된 어떤 사실에 근거를 둔다는 말이지."

나는 말을 멈추고 발코니 창문을 열어 젖혔다. 그리고 한동안 구름 사이로 미끄러지고 있는 달 조각을 쳐다보고 있었다. 시간이 어느덧 새벽으로 이어지고 있었다.

"새벽 공기가 역시 상쾌하군. 이것을 사람들은 '네바다 블루(Nevada Blue)' 라고 하지."

"새벽에 나타나는 진청색 하늘빛!"

"학부 때 영문학을 가르친 토드 교수가 갑자기 생각나네. '네바다 블루' 를 영화 「바람과 함께 사라지다」에서 스칼렛이 바라보았던 '아틀랜타 주황(Atlanta Orange)' 에 대비해서 문장을 만들어 오라는 숙제를 냈었거든."

"시각적으로 극적인 대비가 되겠네요."

"사람들은 흔히 눈으로 본 것을 가장 믿을 만하다고 생각하지."

"그야 그렇죠."

"그렇다고?"

"예."

"그럼 저 조각달을 한번 쳐다봐."

후배는 고개를 들어 밤하늘을 올려다보았다.

"난 저런 식의 조각달을 볼 때마다 아주 불쾌해져. 어렸을 때 보았던 영화가 생각나서. 영화 제목이 맞는지는 모르겠는데, 「푸른 하늘 은하수」였던 거 같아. 할아버지 김승호 씨가 주연으로 나오고… 혹시 기억나?"

"들은 것 같기는 한데 잘 모르겠네요."

"영화 내내 배경음으로 슬프게 흘렀던 노래가 있어. 토끼가 탄 배가 구름 사이를 잘도 간다는 그런 가사였지."

"그런데요?"

"그 뒤로 난 한동안 달이 정말로 구름 사이를 지나가는 거라고 믿기 시작했어. 그런데 그것은 아주 그럴싸한 사기극이었어. 대인간 사기극!"

"사람을 현혹했다는 말인가요?"

"그럼 아닌가? 얼마나 그럴싸한가 말이야. 지금도 그 사기극은 계속되고 있잖아."

후배는 동의할 수 없다는 눈빛을 보냈다.

"저 달을 잘 쳐다봐 봐. 분명히 달이 구름 사이를 빠르게 지나가고 있지?"

"그야 일종의 착시죠."

"착시든 뭐든 분명하지? 두 눈으로 봤지?"

"참나…."

"아까 그 이야기로 돌아가 볼까?"

"무슨?"

"예감도 결국 과거사실과 연결된다는 이야기."

"아."

"인간의 기억은 출력에 관한 문제고 그 출력은 입력에 근거하니까 실제로 예감이 있었다면 그것은 과거에 입력된 어떤 사실에 근거를 둔다는 이야기 말이야."

"예."

"하지만 내가 정말로 하고 싶은 이야기는 구름 사이를 달려가는 달에 속아서는 안 된다는 거야. 그럴싸한 사기극!"

"음… 결국 예감도 만들어진 것일 수 있다는 말이군요."

"사람의 귀는 지금 우리의 눈이 그런 것처럼 그 사기극을 전혀 눈치 채지 못할 수도 있다는 말이야."

하늘에 촘촘히 박힌 별들마저 우리 얘기를 듣는지 조용히 반짝이고 있었다.

"그러고 보니까 이해가 안 가는 점이 있기는 해요."

"뭐가?"

"사건이 나고 10일쯤 후에 납치범이 돈 400만 원을 요구하며 전화를 걸어 왔다는 게 영 마음에 걸리는데요."

"왜?"

"그 전화는 10분 간격으로 두 차례 걸려왔다고 B씨는 주장하고 있잖아요. 하지만 세상에 어떤 바보가 돈 400만 원을 얻을 목적으로 아이들 다섯 명을 집단으로 납치하겠어요?"

"그래서?"

"9세에서 13세까지 다섯 명의 남자아이들을 집단으로 납치한다는 것은 쉬운 일이 아닐 거라고요."

후배는 꽤나 자신 있게 말하고 있었다.

"분명 아니지."

"적어도 성인이 두 명 정도는 동원돼야 하고 차량도 필요할 겁니다. 그리고 납치된 다섯 아이들을 관리하는 데도 엄청난 노력이 필요할 테고요. 무엇보다 위험할 거란 말이죠."

"그렇지. 다섯 아이들에게 최소한의 식량은 대줘야 할 테고, 대소변도 해결해야 하고, 게다가 24시간 감시한다는 게 결코 쉬운 일이 아니지."

"그런 엄청난 범죄 행위의 대가로 돈 400만 원을 요구한다는 그 자체가 말이 안 되는 것 같아요."

그쯤에서 나는 후배가 미처 생각하지 못했던 점을 지적했다.

"내 생각에는 돈을 목적으로 이루어진 납치사건에서 집단으로 다섯 명을 데려간 사례는 없을 것 같아. 게다가 돈이 목적이었다면 부잣집 아이를 대상으로 범행이 이루어질 텐데, 다섯 아이들의 사는 형편은 외관상으로는 어려워 보이잖아."

"그럼 돈을 목적으로 그런 전화를 건 게 아니라면 단순한 장난전화였을까요?"

"그야 모르지만 어쨌든 그 전화만으로는 아이들이 누군가에게 납치돼 있다는 증거는 못 되는 것 같아."

"그 점은 동의합니다."

"어색해. 전체적으로 뭔가 아귀가 안 맞아. 구름 사이를 교묘하게 빠져나가는 달을 목격하고 있는 기분이란 말이야."

"조작일 수도 있다는 말이죠?"

"왠지 그런 느낌이 들어. 아이들이 납치됐다고 주장하고 싶고 또 주변에서 그렇게 믿어 주기를 기대 또는 유도하고 있는 심리적 배경이 보이거든."

나는 그날 후배와의 긴 이야기에서 몇 가지 이해되지 않는 사항들을 정리하면서, 귀국 후 시간이 난다면 연구 차원에서 접근해 보겠다는 생각을 가지고 있었다.

얼마 후 박사학위 논문은 어렵지 않게 통과되었다. 1993년 5월, 130년간 이어져 내려 온 야외 졸업식장에서 나는 박사학위를 받았다. 그리고 곧바로 귀국을 서둘렀다. 오랜 유학생활을 마치고 귀국한 것은 1993년 6월이었다.

제2장

추적이 시작되다

귀국 후 그해 여름이 한창이던 7월 어느 날 나는 친구와 함께 한가한 낚시터에 자리를 잡고 앉았다. 실로 오랜만에 찾은 조용한 낚시터는 내게 다른 세상에 와 있는 듯한 착각을 느끼게 했다. 한여름 태양이 쏟아지는 짙은 녹엽의 세계! 그 속에 모습을 숨긴 다양한 생명체들의 투쟁하는 움직임과 잔잔한 수면 위로 펼쳐지는 평화로움! 이런 역설적인 조화는 내가 무의식적으로 갈망해 왔던 그런 세계의 일면이었다.

"따라오긴 했지만 난 낚시를 별로 좋아하지 않아. 솔직히 말하자면 땡볕에 하루 종일 쭈그리고 있는 사람들을 보면 어떤 때는 이해가 안 가."

내가 느끼고 있는 잔잔한 즐거움이 친구에게는 영 아닌 모양이었다.

"하하하…. 내가 생각해도 낚시를 좋아하는 사람들은 좀 허황된 면이 없잖아 있는 거 같아. 이 작은 바늘 하나를 물밑에 던져놓고 고기가 물어주기를 한없이 기다린다는 게 때로는 황당하기도 하지. 그래서 세월을 낚는다고 하는 거겠지."

"뭐 황당하기까지 할 거는 없고…."

"아무튼 난 인내심을 가지고 기다렸다가 뭔가를 건져내는 것을 좋아해. 아마 승부기질 같은 게 좀 있나 봐. 하지만 자네처럼 산을 좋아하는 사람은 차근차근 하나씩 모아가는 스타일이지. 큰 변화 없이 안정적으로 말이야."

"세상 사람들이 다 같은 모습으로 살 수는 없는 거니까."

"자네 아이 키워 봤나? 난 내 손으로 남자아이 둘을 키웠어. 그래서 좀 아는데, 막 태어난 아이가 성장하는 것을 잘 관찰해 보면 참 신기해. 그 재미로 책을 한 손에 펼쳐들고 졸면서 아이에게 우유를 주곤 했다니까. 나는 아이가 커가는 것을 보면서 우리 사회가 발전해 나가는 과정을 볼 수 있었어. 굳이 이야기하자면 진보와 보수의 과정을 거치면서 성장하는 거라고나 할까."

"진보와 보수?"

"응. 너무 비약된 것 같기는 하지만, 아이가 갑자기 커졌다가 야물어지고 또 커졌다가 야물어지고 그런 식의 과정을 반복했던 것을 기억하거든. 진보가 성장을 유도하고 보수는 야물어지는 과정이라고 생각했단 말일세."

"말이 되기는 하네."

"앞으로 나가려는 사람과 지키려는 사람 사이의 갈등 같은 것을 아이의 성장과정에서 보았지. 서로 상대방이 위험하다고 생각하겠지."

주변에서 매미들이 한여름 코러스의 볼륨을 드높이고 있었다. 우리만큼이나 녀석들도 할 말이 많은 모양이었다.

"개구리소년 실종 사건에 관심이 있다며?"

친구가 불쑥 물었다.

"누가 그래?"

"다 들리지."

"……."

"자네가 심리 전문가니까 하는 말인데 과도한 궁금증도 병 아닐까?"

"병이지. 잊을 건 잊고 사는 게 편한데 말이야."

"그것도 세상 사는 요령 아닌가?"

"하긴 그래. 그것도 타고난 재능이라고 볼 수 있지."

"아무튼 우리 사회는 나서는 것을 좋게 보지 않는 경향이 있어."

"잘못 가고 있는데도 말인가?"

"음… 어차피 당분간 할 일도 없을 테니까 단순히 연구 차원에서 그 사건을 재조명해 보는 거야 모르겠지만…."

친구는 말을 채 마치지 못하고 입술을 다물어버렸다. 우리는 한동안 아무 말이 없었다. 몇 마리인가 붕어를 낚아 올리면서 나는 스스로에게 질문을 던졌다. 내 마음 공간 한구석에서는 아직도 죽지 못하고 숨을 헐떡이는 어떤 에너지가 떠돌고 있었다.

'나는 그 사건에 대해서 알고 싶다. 정말 궁금하다. 왜냐면 이해되지 않기 때문이다. 하지만 이해관계가 우선적으로 고려되는 현실에서 막연한 이론적 근거만 가지고 내가 그 사건을 분석했을 때 사람들이 뭐라고 할까? 연인원 30만 명의 경찰과 기라성 같은 수사관들이 수도 없이 동원되었다는 그 사건을 2년 5개월이나 지난 지금에 와서 내가 조사한다고 해봐야 과연 밝힐 것이 있을까? 내가 생각하는 만큼 그들도 생각했을 것이고 조사도 했을 것 아닌가? 그보다 더 현실적인 문제가 있다. 내가 나서서 조사할 명분이 없다. 수사관도 아니고 기자도 아닌 내가 무슨 명분으로 그런 중대한 범죄사건에 나설 수 있겠

는가?'

낚시하는 내내 질문은 이어졌다. 그리고 나는 그 질문들에 대한 대답을 찾지 못했다. 항아리에 넣어 놓은 것처럼 마음속에 질문을 담고 친구와 헤어졌다.

회고하건데, 그날 낚시터에서의 혼란은 일단 그 사건을 우선순위 밖으로 밀어냈다. 그러나 어쩌면 그것은 내 운명의 시간표에 기록되지 않은 또 다른 위장이었을지도 모른다. 어린이들이 실종됐다는 사실이 나를 쉽게 놓아주지 않았기 때문이다. 한가한 낚시터마다 따라다니며 울어대는 개구리의 울음소리가 나를 서서히 그 운명의 구덩이로 떠밀고 있었다.

여름의 극성은 어느덧 물러가고 가을이 찾아왔다. 나는 어느 날 친구를 만나 그 사건에 대한 의문점들을 자세하게 설명하고 있었다. 나는 미국에서 가지고 온 비디오를 틀었다.

"우선 돈이나 원한과 연결된 사건은 아니라고 생각해."

"그런 것 같기는 해."

"모든 행동은 심리적 판단과 일대 일로 대응을 이루기 때문에 반드시 그럴 만한 목적이 있어야 한단 말이야."

"모든 행동은 반드시 심리적 배경을 가지고 있다?"

"응."

"하지만 사람의 행동은 이유 없이 유발될 수도 있을 것 같은데?"

"외관상으로 이유가 없는 것처럼 보일 뿐이지 행동에는 이유와 절차가 있어. 그걸로 논쟁을 하자는 게 아니라 다만 누군가 다섯 명의 아이들을 납치해 갔다면 반드시 목적이 있었을 거라는 거야. 안 그래?"

"목적이야 있었겠지."

"우선 쉽게 생각해 볼 수 있는 것은 돈이나 원한인데 그것을 제외시킨다면 뭐가 있겠나?"

"……."

"그것을 빼고 나면 노동력이 필요했던 사람이 벌인 집단납치라고 보는 게 가장 유력한데 말이야."

"나도 그렇게 보고 싶어."

"이유는?"

"자넨 모르겠지만 그 무렵 우리나라에서는 인신매매가 성행했었거든. 한때는 정말 대단했었지. 아무나 길거리에서 잡아다가 팔았으니까."

"말은 돼. 있을 법도 하고."

"그래서 하는 말인데 이 수사본부 해체하고 어디 가서 시원한…."

친구는 말을 멈추고 얼른 내 표정을 살피고 있었다. 나는 친구의 빈정대는 듯한 태도가 마음에 거슬렸지만 그런 내색을 의도적으로 억제하고 있었다. 그나마 내 얘기를 들어주고 문제점을 보완해 주는 무보수 자원봉사자를 잃기는 싫었던 것이다.

"문제는 그만큼 뒤지고 찾았으면 누가 봐도 봤을 거란 말이야."

"그 애들을 데리고 있으면서 일을 시켰다면 그럴 수도 있겠지. 하지만 납치 후에 사건이 너무 커지니까…."

"커지니까?"

"없애버렸을 수도 있잖아?"

"……."

문득 미스터 양의 이야기가 떠올랐다. 더불어 당시로서는 가장 유력한 가설이었음에도 불구하고 내가 그의 가설을 쉽게 받아들일 수 없었던 몇 가지 이유들이 서서히 피어오르고 있었다.

"문제는 아이들이 산에 갔다는 거야."

"그게 왜?"

"상식적으로 생각해 봐. 노동력이 필요해서 아이들을 납치했다면 왜 산에서 데려가겠나? 사람들이 북적대는 버스정류장, 지하철역, 아니면 극장 주변 같은 장소에서 납치해도 될 대상인지를 선별해서…."

"가출한 아이들?"

"그렇지. 얼마든지 확보가 가능했을 거야. 안 그래?"

"음…."

"산에 와서 시골 아이들을 집단으로 납치해야 할 이유가 뭐야? 그 점을 어떻게 설명하겠나?"

친구는 입술을 굳게 다문 채 고개를 끄덕였다.

"아이들이 살았던 마을은 당시만 해도 시골이었어. 시골에서는 외지 사람이나 차량이 쉽게 목격되거든. 게다가 그날은 선거일이었기 때문에 학교에 가지 않은 아이들이 산 주변에 흩어져 놀고 있었을 거란 말이야."

"그렇지."

"그런데 산 중턱에서 다섯 명의 아이들을 납치하겠다고 기다리고 있었다?"

"……."

"물론 가능성을 부정하는 것은 아니야. 하지만 상식적으로 생각해서 어느 쪽이 범행 정황과 더 일치하는지를 우선 판단해 보자는 거야. 노동력을 필요로 한 납치범들도 그들 나름대로 직업적인 전문성이 있을 거라고 생각해. 산에서 아이들을 집단으로 납치할 만큼 그렇게 무모하지 않아. 자네가 껌팔이 두목이라면 산에다 봉고차를 대놓고 아무나 집단으로 납치하겠나?"

"으음…."

"노동력이 필요해서 납치했다가 어쩔 수 없어서 살해했다는 가설에는 또 다른 허점이 있어."

"무슨?"

"1961년에 예일대학 심리학과 조교수 스탠리 밀그램(Stanley Milgram)이 아주 흥미로운 실험결과를 발표했어. 상대방에게 전기고문을 가하는 실험."

"전기고문?"

"응. 그 실험의 목적은 위압적인 명령에 대한 정상인들의 도덕적 저항이 어느 선에서 어떻게 일어나는지 알아보는 것이었어. 유리창을 사이에 두고 한 사람은 전기충격을 가하고 건너편에 있는 사람은 그 전기충격을 받는 거야."

"커… 참!"

"전기는 5볼트부터 시작해서 450볼트까지 단계적으로 이어져 있었고 주어진 문제에 대해서 오답을 이야기할 때마다 전기 볼트를 한 단계씩 높이는 거야."

"대학에서는 그런 실험도 하나?"

"뭐가 됐든 인간에 관한 일 아닌가?"

"……."

"가해자들은 유리창을 통해 건너편을 볼 수 있었어. 비명을 지르며 그 상황으로부터 벗어나려고 하는 상대방을 목격하면서 '이래도 되는가?' 또는 '저 사람이 죽게 되면 누가 책임지는가?' 등등의 질문을 하면서 서서히 도덕적 저항을 보이기 시작했지."

"그래서?"

"그중에 일부는 못하겠다고 자리를 박차고 일어나 실험장을 떠난 사람도 있었지만 권위 있는 예일대학의 연구진들은 모든 것을 계약된 대로 계속하라는 주문을 가해자에게 위압적으로 지시했지. 어때? 끝까지 눌렀을까?"

"……."

"놀랍게도 상당수의 사람들이 그 실험의 마지막 단추 450볼트까지 눌렀다는 거야."

"끝까지?"

"그럼! 무슨 말인지 알겠나? 그 연구결과는 당시에 충격적인 사실로 받아들여졌고 인간심리의 내면을 들여다보는 계기가 됐어."

"450볼트면 사람이 죽나?"

"치명적이지. 흉악범죄는 특정한 집단이나 특정한 사람만이 할 수 있다는 생각은 잘못된 믿음이라는 거야. 흔히 사람들은 범죄자의 유형은 미리 정해진 것으로 믿는 경향이 있거든. 남에게 친절하고 신망 있어 보이는 사람을 쉽게 그 대상에서 제외시키는 경향이 있어. 하지만 실험결과와 통계적 수치는 그게 아니라고 경고하고 있어. 적당한 온도와 습도가 주어지면 창궐하는 세균처럼 환경이 요구하고 조건이 일치하면 언제든지 인간은 범죄행위에 접근할 수 있는 잠재성을 가지고 있다는 말이지. 왜냐하면 그 실험에 참가했던 사람들은 지극히 정상적인 사람들이었으니까."

"흥미 있는 이야기네."

"그 실험에서 또 하나의 중요한 발견은 도덕적 최후 방어선이 무너진 이후에는 무슨 행동이든지 가능하다는 거야. 즉 300볼트까지는 간간이 저항을 보이던 가해자들도 그 선을 일단 넘고 나면 아무런 도덕적 저항 없이 사람이 죽을 때까지 전기단추를 눌렀다는 사실이야."

"음…."

"평소에는 개미 한 마리도 죽여 본 일이 없는 청년이 전쟁터에서 생각하기도 쉽지 않은 엽기적인 민간인 살해나 고문을 자연스럽게 자행하는 경우도 많잖아. 그런 인간의 행동을 과학적으로 설명할 수 있는 근거를 그 실험이 제공했던 거야."

"그래서?"

"나는 그 실험결과를 이 사건에다 적용해 보았어. 누군가 아이들을 납치해 갔다가 사건이 의외로 커지니까 더 이상 어떻게 할 수 없다고 판단하고서 집단으로 살해했을 거라는 가설에 적용시켜 보았어."

나는 잠시 말을 멈춘 채 생각에 잠겼다. 그리고 조심스럽게 고개를 저었다.

"그런데 맞지 않아."

"왜? 오히려 정확히 설명하는 거 같은데."

친구는 약간 혼란스러운 표정이었다.

"아니지. 도덕적 최후 방어선이 완전히 무너지고 집단살해를 감행하려면 일정한 수준에 이르는 실행량이 있어야 한단 말이야."

"그게 뭐야?"

"그 전기고문 실험에서 5볼트에서 300볼트까지 이미 피해자에게 가해진 범죄량이 곧 실행량이 된다고 볼 수 있지."

"이미 저질러진 잘못이란 말인가?"

"그렇지. 이미 자신의 행동은 돌이킬 수 없는 상태까지 이르렀단 말이지. 즉 범죄의 심각성과 예상되는 결과에 비례하여 실행량이 일정 정도 이상 넘어야만 도덕적 방어선이 완전하게 무너진단 말이야. 다섯 아이들을 집단으로 살해한다는 것은 범죄의 심각성에서 볼 때 최고라고 해도 과언이 아니야."

"그야 그렇지."

"그렇다면 거기에 따른 실행량도 엄청나게 높아야 실제로 집단살해가 가능했을 거란 말이야."

"그래서?"

"그러나 살해 직전 납치범의 가상행동에서 그만큼 높은 실행량을 발견할 수가 없단 말이야."

"왜?"

"단지 아이들을 납치해서 강제로 일을 시켰다는 사실이 도덕적 방어선을 제거하지는 못했을 거야. 그러니 다섯 아이들을 살해하지도 못했을 거란 말이야."

"그냥 돌려보냈을 거란 말인가?"

"그렇지."

"하지만 이런 경우도 그럴까?"

"어떤?"

"납치하는 과정에서 또는 일을 시키는 과정에서 그중에 한 아이가 죽었다면?"

"……."

"그래도 돌려보낼 수 있겠나?"

"안 돼지."

"그러니까 집단으로 살해했을 거란 추정이 가능하잖아. 한 아이는 이미 죽었고, 자네 말처럼 실행량이 이미 높아졌으니까 그때는 돌려보낼 수가 없었겠지. 안 그래?"

나는 잠시 창밖으로 시선을 던졌다. 이름 모를 새 한 마리가 민첩하게 미끄러지면서 능숙한 솜씨로 자신의 행적을 허공에 감추고 있었다. 나는 애써 그 끝을 따라잡다가 잠시 후 다시 말을 이었다.

"하지만 이 사건에서는 반드시 고려해야 할 다른 요인이 있어."

"무슨?"

"그런 상황이 실제로 있었다고 해도 그 높아진 실행량을 떨어뜨릴 수 있는 심리적 요인이 있단 말이야."

"그건 또 무슨 말이야?"

"그 아이들이 납치범들을 전혀 모르고 있었고 그저 납치되는 과정에서 처음 보았을 뿐이라고 가정해 보자고. 범인들은 아이들을 풀어 주고 난 뒤에 아이들의 기억에 의해서 자신들이 체포될 가능성은 적다고 믿었을 거란 말이야."

"적다고 볼 수가 없지."

"물론 그 가능성이 적은 것은 아니지. 하지만 그렇게 믿었을 거란 말이야."

친구는 고개를 좌우로 크게 저었다.

"아닌데!"

"강도나 살인 같은 강력범죄를 계획하고 있는 사람들이 만약 그들의 범행이 100퍼센트 드러날 거라고 믿는다면 그것을 실행에 옮기겠나?"

"……."

"절대로 못하지. 하지만 그런 범행이 계속된다는 것은 안전할 거라고 스스로 믿기 때문이야. 인간은 심리적 동물이야. 어떻게 생각하느냐에 따라 어떻게 행동하느냐가 결정되지."

"그러니까 안전성이 조금이라도 위협받을 수 있다고 생각하면 집단살해가 가능하지 않을까?"

"나는 그 반대야. 익명성이 어느 정도 보장될 수 있다고 그들이 믿었다면 실행량이 현저하게 떨어질 수 있고, 그래서 집단살해도 발생하지 않았을 거라고 생각하거든."

"실행량은 과거에 이미 저질러진 범행이니까 고정값 아닌가? 그러니 변하지 않을 것 같은데?"

"인간의 행동에서 고정값은 없어."

"……."

"그래서 내린 결론인데 그 아이들은 납치범이 누군지 정확히 알고 있었어. 아주 정확히!"

"납치범의 익명성이 전혀 보장되지 못했단 말이지?"

"그렇지! 그래서 그 아이들은 살아 돌아올 수 없었던 거야."

"흐음…."

"추적은 거기서부터 시작되는 거야. 아주 가까운 데서!"

제3장

1차 가설

인간의 행동은 의도성의 유무에 따라 두 가지로 구분된다. 의도적인 행동은 어떤 목적이 행동 이전에 선행하는 경우로 대부분의 범죄행위가 여기에 속한다. 그러나 의도적 행위와 비의도적 행위를 구분하기란 말처럼 쉽지는 않다. 우발적인 행동은 그 경계선에서 일어나기 때문이다.

나는 그 사건의 범행이 의도적 행위였는지 아니면 비의도적 실수 또는 우발적이었는지를 먼저 분석하기 시작했다. 많은 계산 끝에 나온 결론은, 계획된 어떤 목적이 선행했던 범죄행위라는 것이었다.

그 이유는 실수로 다섯 명의 아이가 없어진다는 것은 생각하기 어렵기 때문이었다. 만 9세에서 13세까지의 남자아이들을 집단으로 납치하는 것은 사전에 계획하지 않으면 어려운 일이다. 그렇다면 의도적인 행동에는 반드시 목적이 선행해야 하는데 돈도 아니고 원한도 아닌 목적이 무엇이었을까?

나는 한동안 그 질문에 매달려 시간을 보냈다. 그러다가 다섯 가지의 의도적 행동유형 중에서 소란행위가 검토되지 않았다는 사실에 주목했다. 소란행위란 주변의 관심을 끌어들이거나 또는 흩트려 놓고 자신의 궁극적 목적을 달성하려는 행위를 말하는데, 인간의 행동에서 관찰되며 종종 범죄에 교묘하게 이용된다. 주변의 관심을 다른 곳으로 유도하거나 약하게 할 목적으로 장난 비슷한 행동으로부터 시작되는 게 바로 소란행위다. 즉 다섯 명이나 되는 아이들을 한꺼번에 없어지게 함으로써 그날 동네를 소란하게 하려는 의도가 선행했을 거라고 추리하고 있었다. 그래서 그날 치러진 선거가 이 사건과 무관하지 않을 거라는 가설을 세우기에 이르렀다.

그러던 어느 날 오후에 나는 도서관에서 돌아온 친구와 공원 벤치에 자리 잡고 앉았다. 데이트를 즐기는 연인들의 모습이 인상적으로 높아 보이는 파란 가을 하늘과 격을 맞추고 있었다. 키 작은 도토리나무 위로는 빨간 고추잠자리가 알 수 없는 비행을 반복하고 있을 뿐 주변에는 적막감이 흐르고 있었다.

"찾아봤어?"

"그럴 수도 있겠다는 생각이 들긴 하는데…."

"어땠어, 그때 분위기가?"

"선거라는 게 다 비슷하지 않겠어?"

"우선 그쪽으로 포커스를 맞춰 보는데 문제는 방법이야. 어떻게 이 가설을 검증해 보느냐 이게 문젠데…."

"아무래도 협조자가 필요할 것 같아."

"기자가 어떨까?"

친구와 함께 가설 검증방법을 찾던 나는 기자와 접촉하기로 결심했다.

모 월간지 L 기자를 만난 것은 1993년 10월 27일 점심때였다. 나는 L 기자에게 그 사건에 대한 나의 가설을 상세하게 제시했다. 마침 개구리소년 실종 사건에 대한 소재를 구하던 참이었다는 L 기자는 고무되어 있었다. 온 나라가 들썩거렸던 그 사건에 대하여 전혀 생각하지 못했던 새로운 가설을 주장하는 사람이 나타났으니 그럴 만도 하였다.

나는 구체적인 정황과 가설이 적힌 글을 L 기자에게 넘겨주었고 그는 그것을 그 자리에서 읽었다. L 기자는 긍정적이었고 나의 제의를 1차적으로는 받아들이는 것처럼 보였다.

"히야! 이거 처음 듣는 이야기네요."

"그렇습니다. 이 사건은 다시 조사되어야 합니다."

"하지만 성격상 내놓고 일하기가 곤란할 것 같은데요."

"그래서 제가 기자님을 찾아온 거 아닙니까? 이 새로운 가설의 가능성을 조사해 보고 어느 정도 심증이 확보되면 수사기관에 넘기자는 말입니다. 기자 신분이라면 여러 가지 자료나 목격자들에게 접근하기가 쉽지 않겠습니까?"

"일단은 부장님께 보고 드리고 허락만 떨어지면 구체적인 계획을 논의해 봅시다."

우리는 부장을 찾아갔다. 직장의 성격상 상사에게 보고하고 최종결정을 내리겠다는 취지였다. L 기자는 그날 중으로 부장과 상의해서 결과를 알려 주겠다고 했다. 그러나 그날 연락은 오지 않았다. 나는 먼 여정의 시야가 흐릿함을 어렴풋이 내다보고 있었다.

다음날 L 기자의 답변은 나의 우려를 정확히 확인시켜 주었다. 부장이 검토해 본 결과 너무 황당하고 위험한 발상이라는 것이다. 당연했다. 2년 7개월 동안 엄청난 수사력이 동원됐지만 해결은 고사하고 단서 하나 확보하지 못한 사건에 대하여 어느 날 갑자기 증거 없이 이론만 가지고 범인을 추적하자는 주장을 용납할 언론사 간부는 없을 것이다. 그거야말로 매우 현명하고 현실적인 조치라는 생각에서 나는 그의 판단에 동의했다.

다소의 위험 부담을 감수하고서라도 검증해 보겠다고 나서는 그런 사람을 찾고 있었는데 역시 현실은 달랐다. 고속도로를 달리면서 내내 씁쓰름한 기분을 지울 수 없었다. 나는 수도없이 '분명히 뭔가 있을 것 같은데' 라고 혼자 중얼거렸다. 내 마음속에서 돌연변이 같은 생각이 서서히 융기하고 있음을 느끼고 있었다.

고속도로에서 나는 방향을 돌렸다. 이왕 시작했으니 좀 더 알아보자는 생각이었다. 그리고 분명히 뭔가 있을 거라는 강한 신념을 지울 수 없었던 것이다. 이 대낮처럼 밝은 문명사회에서 사람 다섯 명이 감쪽같이 사라졌는데도 단서 하나 확보하지 못하고 있다는 생각에 참기 어려운 모멸감마저 느끼고 있었다.

나는 이 사건에서 손을 떼야 할 때가 언제인지를 분명하게 알고 있었다. 그것은 철저한 과학적 검증을 거친 후에 나의 마음속에서 모든 의혹이 사라지는 그 순간인 것이다. 미소를 머금은 채 어두워진 고속도로를 달리면서 나는 구름 사이를 유유히 미끄러지는 달을 바라보고 있었다.

수사본부에 내려가서 자세한 이야기도 들어보고 나의 가설도 전해야겠다는 생각이 들었다. 사건 현지에 예정 없이 내려간 후 그날 밤을 근처 여관에서 보내고 나는 다음날 오전 10시경 수사본부를 찾았다.

수사본부는 아이들이 살았던 마을에서 얼마 떨어지지 않은 곳에 자리 잡고 있었다. 수사본부를 중심으로 보자면 우측으로 가까운 거리에 아이들이 다녔던 ○○초등학교가 있었다. 뒤로는 아이들이 올라갔다는 ○○산이, 그리고 왼쪽으로는 아이들이 살았던 동네가 자리 잡고 있었다.

내가 수사본부 입구에 막 들어서고 있을 때 낯익은 사람이 이층에서 내려오고 있었다. 나는 그가 누군지 단번에 알 수 있었다. 비디오에서 여러 번 보았던 D 수사관이었다. 반갑다는 인사를 나누고 개구리소년 실종 사건에 대하여 알고 싶은 게 있어 왔다는 이야기를 전했다. D 수사관은 본서에 가는 길이라고 했다.

오후 3시쯤 만나기로 약속하고 나는 그 길로 수사본부 뒤편으로 펼쳐진 ○○산으로 향했다. ○○산으로 올라가는 도로변에 있는 구멍가게까지 천천히 걸어갔다. 지난번에 왔을 때도 느낀 것이지만, 그 일대 주민들은 낯선 사람이 동네에 찾아들면 슬쩍슬쩍 살피는 눈길이 예사가 아님을 단번에 알 수 있었다. 그리고 찾아와서 묻고 또 묻는 외지 사람에 대하여 이제는 대답하기도 지쳤다는 식의 태도가 역력했다. 그들의 말을 듣고 보니 당연하다는 생각이 들었다. 그 사건 이후로 수사관, 기자, 학자, 시민단체, 심지어 심령술사와 무당과 점쟁이까지 온갖 사람들이 들쑤시고 다녔기에 주민들이 진저리가 날 만도 했다.

그러나 내가 그 동네를 찾아왔을 무렵에는 대부분의 사람들은 그 사건의 진실을 캐는 일을 포기해 버렸고 수사본부에서도 하는 일이 거의 없어 보였다. 그러다 보니 이제는 어떤 초인적인 힘에 의해서 일어난 사건으로 미신화하는 주민들도 많았다. 그중에 가장 상상력이 넘치는 이야기는 UFO가 나타나 아이들을 레이저 광선으로 빨아갔다는 것이다. 이런 식으로 그 사건은 서서히 미제로 넘어가고 있음을 느낄 수 있었다.

내가 구멍가게를 찾았을 때 주인은 나를 그 사건을 흥미 위주로 기사화하려는 기자로 보는 눈치였다. 그 사건에 대한 주민들의 생각을 알아봤으면 했는데 처음부터 방어적인 태도를 보이는 데는 달리 도리가 없었다. 아예 말을 끄집어내지도 못하고 음료수만 사들고 밖으로 나왔다. 가게 옆에 붙은 공중전화기에서 사십대 중반쯤 보이는 한 남자가 수화기를 붙잡고 있는 것을 보고 기다렸다가 말을 걸었다. 나는 그에게 지나가는 말투로 물었다.

"여기가 개구리소년들이 살았던 마을입니까?"

"맞습니다. 산은 바로 이 앞산이고, 그 애들이 살았던 동네는 저 아래고요."

내가 그 남자로부터 들은 이야기는 모두 다 이미 알려진 내용이었을 뿐 새로운 사실은 없었다. 다만 한 가지 귀에 거슬리는 것은, 의외로 그곳에 사는 사람들은 아이들이 산에 가서 실종되거나 납치됐을 거라고 생각하지 않는다는 점이었다. 그는 이렇게 이야기했다.

"보세요. 저게 산입니까? 저기서 어떻게 사람 다섯이 없어진다는 말입니까? 뭔가 잘못된 거지."

그것은 나에게는 큰 실망이었다. 왜냐하면 나는 누군가 선거에 관련되어 아이들을 산으로 유인한 뒤에 일정기간 동안 유치했을 거라고 보고 있었기 때문이다. 물론 그 사람 개인의 생각이겠지만 오후에 수사본부를 찾아갈 일이 더욱 부담스러워지고 있었다.

산에서 내려온 나는 아이들이 다녔다는 ○○초등학교를 찾았다. 교문 입구에는 아직도 다섯 아이들의 사진이 붙어 있었고 거기에는 '개구리소년을 찾아주세요' 라는 호소의 글들이 적혀 있었다. 나는 실종 당일 아침 9시경에 아이들이 운동장을 가로질러 학교 뒤쪽으로 넘어가는 것을 보았다는 목격담의 코스를 따라갔다.

그러나 그 당시에는 있었을 뒷길이 공사로 인해 없어지고 말았다. 당시에 목격자들이 실종 아이들을 만났다는 그 삼거리 슈퍼마켓도 없어지고 모든 것은 변해 가고 있었다. 주변 환경은 이제 그 사건의 전모를 서서히 덮어가고 있다는 안타까움을 지울 수 없었다.

가까운 곳에서 점심을 먹고 오후 3시가 넘어 수사본부를 찾았다. 삼십 평 정도 되는 사무실 벽에는 상황판이 여러 개 걸려 있을 뿐 별다른 게 없었다. 진지하게 이야기할 수 있는 한가한 분위기였다. 나는 우선 D 수사관에게 나의 신원에 대하여 언급하면서 이야기를 꺼내기 시작했다.

"요즈음도 새로운 제보가 있습니까?"

"최근 몇 달 전까지만 해도 드문드문 이런저런 제보도 있었는데 요즈음은 통 그런 것도 없습니다."

"예."

"우리는 무슨 제보가 됐든지 다 조사해 봅니다. 뻔히 아니라는 생각이 들어도 가야 합니다."

"그렇겠지요."

"그런데 뭘 알아보시려고요?"

"저는 최근에 귀국해서 궁금하기도 하고, 또 연구하는 분야가 행동분석이라서….”

“해볼 만한 것은 다 해봤어요. 거참 묘한 사건입니다. 전혀 단서가 없어요.”

나는 우선 S 아주머니의 진술부터 끄집어내기 시작했다.

“S 아주머니의 진술은 상당히 구체적이었는데 그 점에 대해서는 어떻게 보십니까?”

“그 당시에 그 아주머니는….”

D 수사관은 일어나 지도의 한 지점을 손가락으로 가리켰다.

“바로 여기 살고 있었습니다. 아이들이 올라갔던 코스가 시작되는 바로 입구입니다.”

“위치상으로는 그렇군요.”

“그 아주머니가 산 쪽으로 올라가는 아이들을 그날 아침 9시 4, 5분경에 삼거리 슈퍼마켓 바로 위에서 보았다는 진술은 상당히 신빙성이 있는 것으로 우리는 생각합니다.”

“그래요? 왜죠?”

“왜냐면 한수라고, 실종된 철수의 형인데, 그 아이 진술하고 맞춰 보면 두 진술이 일치하고 있거든요. 무수히 많은 목격담이 있었지만 나머지는 뭐 별로 신빙성이 없고요.”

“두 진술이 일치하고 있으니까요?”

“그렇습니다.”

"그럼 결국 한수와 S 아주머니의 진술이 그중에서 가장 믿을 만하다는 말인가요?"

"그런 셈이죠. 한수는 자기 동생이니까 거짓말을 할 리가 없고 잘못 볼 리도 없습니다. 그리고 그 아주머니의 진술이 한수의 진술과 시간적으로나 공간적으로 일치하고 있으니까요."

"하지만 저는 한수의 진술은 믿을 수 있지만 S 아주머니의 진술은 신빙성에 문제가 있을 수 있다고 생각합니다."

"그래요?"

자세를 고쳐 앉은 D 수사관은 다소 의아한 듯 양미간이 약간 일그러지고 있었다.

"뭘 근거로 그렇다는 말입니까?"

"근거라면 좀 곤란하지만…."

"좋습니다. 왜 그렇게 생각하십니까?"

"상식적으로 생각해 보세요. 길을 스치고 지나면서 들은 이야기를 기억한다는 것은 사실상 불가능합니다. 상대방이 하는 말을 사전에 기억하려고 마음먹었다면 모르지만요. 그렇지 않습니까?"

"……."

"예를 들어서 조금 전에 길 건너편 도로에서 옆을 스치고 지나갔던 모르는 사람이 했던 이야기를 지금 기억하시겠습니까?"

"……."

"기억은 고사하고 누가 옆을 스치고 지나갔는지 그 자체도 기억할 수 없는 게 실제 상황입니다. 그런데 그 아주머니의 진술이 언제 있었습니까?"

D 수사관은 기억을 더듬어 가면서 대답하려고 애쓰고 있었다.

"좀 됐죠."

D 수사관은 B 순경에게 사건일지를 주문하고 있었다.

"한 일주일 지나고…."

B 순경이 사건일지를 찾아 두 사람 사이 펼쳐 놓았다. D 수사관이 기록을 뒤지고 있을 때 나는 계속 말을 이었다. 왜냐하면 나는 그게 언제였느냐가 별로 중요하지 않았던 것이다.

"방금 돌아서서 물어봐도 모를 텐데 일주일 뒤에 스치고 지나간 모르는 아이들이 했던 말을 구체적으로 기억한다는 것은 한 마디로 있을 수 없는 일입니다. 안 그렇습니까?"

사건일지를 뒤적이던 D 수사관은 손을 멈추고 의외로 쉽게 동조하고 나섰다.

"음! 듣고 보니까 그러네."

"물론 예외는 있을 수 있겠지만 상식적으로는 그렇습니다."

"그래도 한수의 진술이 있으니까 아이들이 그날 아침에 산에 올라갔다는 것은 확실하다고 보는 것이…."

"물론 산에 갔다는 것을 의심하지는 않습니다만 문제는 언제 올라갔느냐는 겁니다."

"한수가 아침 9시경에 그 슈퍼마켓 앞에서 산으로 올라가는 아이들을 만났다고 했으니까 그 시간이 맞을 겁니다."

"아닙니다. 한수가 슈퍼마켓 앞에서 아이들을 본 건 사실입니다만 한수의 진술을 자세히 검토해 보면 아이들이 그 시간에 산을 향해서 실제로 올라갔다고 믿을 만한 근거는 없습니다. 근거가 있습니까?"

"근거는… 없죠."

"아이들이 그 시간에 산에 올라갔던 게 사실이라고 믿게 했던 것은 결정적으로 S 아주머니의 진술이었습니다."

"음…."

"저는 그 아이들이 산에 올라간 시간은 9시경이 아니라 12시경이라고 생각합니다."

"그 시간 차이가 중요합니까?"

"중요하지요. 만약 아이들이 12시경에 산을 향해서 출발했다면 약 3시간 동안 어디서 뭘 했느냐는 겁니다."

"그날 아침 이후로 동네에서 그 아이들을 목격한 사람은 전혀 없습니다."

"바로 그 점이 중요합니다."

"그럼 12시경에 올라갔다고 추정하는 근거는?"

"장호와 영호의 진술을 믿고 싶습니다. 왜냐하면 장호와 영호는 개구리소년들과 학교 친굽니다."

"예. 맞습니다."

"장호와 영호는 그 슈퍼마켓 앞에서 낮 12시경에 아이들을 만났다고 분명하게 이야기하고 있습니다. 게다가 그 아이들과 직접 대화도 했습니다. 개구리소년들이 어딘지는 모르지만 멀리 갔다 왔다는 이야기를 했다고 진술하고, 또 산에 같이 가자는 제의도 직접 받았다고 합니다."

"예."

"즉 아이들이 그날 아침 8시 30~40분경에 철수네 집에서 나와서 슈퍼마켓 앞까지 왔고, 거기서 한수에 의해서 9시경에 목격은 됐지만 대화는 없었습니다. 그리고 아이들은 산으로 향한 게 아니고 어떤 이유에선지는 모르지만 방향을 틀어 내려와서 도로 건너편으로 향했습니다. 이것은 순수한 추립니다만…."

"예. 좋습니다."

"아무튼 아이들이 동네를 멀리 벗어나게 됐다고 생각합시다."

"얼마나 멀리?"

"모르죠. 하지만 상당히 멀리 벗어났을 거라고 추정해 보자는 말입니다."

"좋습니다. 계속해 보세요."

"아이들이 어딘가 멀리 갔다가 동네 근처에 도착했을 때는 12시 무렵이었다고 생각됩니다. 그리고 집에 들르지 않고 산으로 향하던 중에 윗동네 삼거리 슈퍼마켓 앞에서 12시경에 장호와 영호를 만나게 됐습니다. 점심때가 되어 배가 고프면 집에 들러 밥을 먹고 산에 갔을 텐데 아이들은 집에 들르지 않았습니다. 이미 뭔가를 먹었다고 볼 수 있죠. 그 점이 아이들이 산에 가기 전에 어딘가에서 누군가를 만났을 거라는 추리를 지지하고 있습니다."

"중간에 음식을 먹었을 거란 말이죠?"

"예."

"음…!"

"장호와 영호의 진술에 의하면 그 아이들이 주머니에 불룩불룩한 뭔가를 담고 있었다고 말하고 있습니다. 저는 그것이 빵이나 과자 같은 거라고 생각합니다."

"예. 우리도 그렇게…."

D 수사관은 빨리 한마디 반응하고 다음 이야기를 기다리고

있었다.

"그날 아이들에게 빵 살 돈이 있었습니까?"

"그 점에 대해서 부모들에게 상세하게 물어 봤는데 전혀 없었답니다. 그날 아이들은 가진 돈이 전혀 없었고, 집 안에서 없어진 돈도 없었답니다."

"그날 아이들에게는 돈이 없었고, 그것이 만약 빵이었다면 이런 추리가 가능합니다."

내가 담배 한 대를 물고 라이터를 찾자마자 바로 날렵한 불꽃이 담배 끝을 태워주고 있었다. 창밖 도로에서는 차들이 저음을 깔고 사라질 뿐 주위는 오히려 적막감이 흐르고 있었다.

"누군가 사줬다고 보는 게 맞지 않을까요?"

"예. 일단은…."

"그렇게밖에 생각할 수 없죠."

"그렇다고 치고요."

"그렇다면 아이들은 산에 올라가기 전에 누군가를 만났다는 이야깁니다."

"흐음…."

"누구를 만났느냐 그게 문젠데, 대강 윤곽을 그려 볼 수는 있습니다."

"그래요?"

"아이들이 그날 산에 잡으러 갔던 것은 도롱뇽 알이었을 겁니다. 아이들이 왜 산에 가게 됐는지 아직은 모릅니다만, 일단은 도롱뇽 알을 수집하려고 산에 갔던 것으로 봐야 합니다. 장호와 영호도 그 아이들로부터 산에 도롱뇽 알을 잡으러 같이 가자는 제의를 받았다고 했으니까요."

"계속해 보세요."

"사실 저는 이 사건에 접하기 전에는 도롱뇽 알이 어떻게 생긴 생물체인지 정확히 알지 못했습니다. 그것은 일반 사람들에게는 특이한 것입니다. 산 주변에 사는 사람들만이 3월 말경에 산에 가면 그런 게 있다는 것을 알 뿐 일반 사람들은 그게 뭔지 잘 모릅니다."

"그러니까 김 박사님이 하고자 하는 말은, 결국 누군가 아이들에게 도롱뇽 알을 잡아오라고 시켰다는 말 아닙니까?"

"그렇습니다."

"음…!"

"그날 아이들이 산에 도롱뇽 알을 잡으러 갔던 것은 스스로 결정한 행동이 아니라 누군가로부터 지침을 받았던 것으로 추정합니다."

"왜 그렇게 생각하십니까?"

"단순하게 생각합시다. 그 애들은 다 큰 남자아이들입니다.

저도 한차례 ○○산 중턱까지 올라가 보았습니다만 아이들이 실종될 만큼 험한 산이 아닙니다. 만약 스스로 판단해서 올라갔다면 스스로 내려왔을 겁니다."

"스스로 결정해서 올라갔다면 스스로 내려왔을 거다?"

D 수사관은 자신에게 질문을 던져놓고 잠시 침묵을 유지하고 있었다.

"그것이 가장 상식적인 생각 아니겠습니까?"

"산에서 납치당한 게 아니라면…."

"그렇습니다."

"그렇다면 누군가에 의해서 ○○산의 일정한 장소까지 유인된 다음 납치를 당했기 때문에 내려오지 못했다 이런 이야깁니까?"

"바로 그겁니다. 그러니까 납치범들이 막연히 산에 와 있다가 우연히 그 아이들을 납치해 간 게 아니라 누군가 아이들을 산으로 올려 보내놓고 납치했던 것으로 봅니다."

"그런 지침을 준 사람은 산 지리를 잘 아는 주변 사람일 거다?"

"예. 저는 그렇게…."

"거 참 재미있는 추리네."

추리에 대한 가상적 상황을 신속하게 따라가고 있던 D 수사관은 고개를 들어 천정을 한차례 응시하다가 다시 질문을 던졌다.

"좋습니다. 어디까지나 추리고 상상이니까 그랬다고 칩시다. 이유가 뭡니까, 빵을 사주고 아이들을 산으로 유인한 목적이?"

"돈은 아닙니다."

"나도 그렇게는 생각하지 않습니다. 그런 전례도 없고요."

나는 그 점에 대하여 말하기 시작하면 이야기가 길어질 것 같아서 중간에서 신속하게 결론을 지어 버렸다. 진지한 분위기가 고려해볼 가치도 없는 것에 허비되는 것이 아까웠던 것이다.

"그것은 이야기할 필요도 없으니까 시간이나 아낍시다. 원한 관계에 대해서는 조사해 보았습니까?"

"그럼요. 해본 정도가 아니죠."

"그랬겠죠."

"사돈의 팔촌까지, 심지어 과거에 살았던 이웃까지 몇 차례씩 전부 다 조사했지만 전혀 그런 게 없습니다."

"그래요."

"그리고 생각해 보세요. 원한이 있다면 하나나 둘이면 충분하지 왜 다섯이나 납치하겠습니까? 안 그렇습니까?"

"그렇죠."

"그리고 실종 어린이 부모들이 원한과는 거리가 먼 사람들입니다. 대부분 생활이 넉넉하지 못하고 성실한 사람들이거든요."

"그럼 그것도 뺍시다."

"그래서 이게 귀신이 곡할 일 아닙니까? 돈도 아니고, 원한도 아니고, 그렇다고 없어진 아이들이 여자아이들이라면 어떤 변태성욕자의 짓이라고 볼 수도 있겠는데 전부 남자아이들이고…. 도대체 그럴듯한 이유가 없습니다, 이유가."

잠시 시간을 보내던 D 수사관이 다시 말을 꺼냈다.

"그래서 내 생각에는, 애들을 데려다 껌팔이나 새우잡이 같은 노동을 시키려고 데려갔는데 사건이 생각했던 것보다 커지니까…."

"예."

"국내에 없었다니까 모르시겠지만 그 당시에 대통령 특별지시가 떨어지고 굉장했습니다. 그러니까 어떤 심장 강한 놈이 만에 하나 뒷일을 생각해서 희생시키지 않았을까 나는 그렇게 보고 있습니다."

"있을 수 있는 일입니다. 하지만…."

"그거 말고 생각할 수 있는 게 뭐가 있겠습니까? 나는 없다고 봅니다."

"또 다른 가능성이 있을 수 있습니다."

"음, 그래요?"

"의도적인 행위는 다섯 가지로 구분됩니다. 그중에 네 가지는 생각해 보셨지만 한 가지 빠트린 게 있는 것 같습니다."

"뭡니까?"

"소란행윕니다."

"소란행위?"

"예. 소란행위는 글자 그대로 소란을 피우는 겁니다. 소란을 피워서 주변의 관심을 다른 방향으로 유도한 다음 궁극적으로는 자기 목적을 달성하는 행위입니다. 이 소란행위는 얼핏 보면 대수롭지 않게 보이지만 어이없는 범죄로 이어지는 경우가 종종 있습니다. 소란행위자는 그것을 장난처럼 시작하지만 어느 정도를 넘어서게 되면 범죄행위임을 인지하게 되고 그때부터는 소란행위 그 자체를 은폐할 목적으로 계획되지 않은 새로운 범죄에 접근할 수밖에 없는 상황에 직면하게 되는 특징이 있습니다. 즉 소란행위 그 자체를 감추기 위해서 즉흥적으로 엉뚱한 범죄에 휘말리게 된다는 이야깁니다."

"무슨 말인지는 알겠습니다. 계속해 보세요."

D 수사관은 걸려오는 전화를 B 순경에게 받아 보라며 말없

이 손으로 전화기를 가리켰다.

"예를 들어 보죠. 장난으로 친구의 손목시계를 자기 호주머니에 넣었던 장난형 소란행위가 잠시 자리를 비웠다 돌아왔을 때 주변상황이 '시계 도둑놈을 잡아라' 하는 심각한 분위기로 발전해 가면 어떻게 되겠습니까? 그 소란행위자는 그때부터 아예 호주머니에 든 시계를 없애버릴 엉뚱한 생각을 하게 됩니다. 왜냐면 그때 시계를 내놓으면 영락없이 도둑놈이 되니까요."

"음…."

"이러한 소란행위와 연관된 범죄행위는 몇 가지 특징이 있습니다. 먼저 범인은 사회적 또는 공간적으로 피해자와 근접해 있다는 사실입니다. 둘째는 1차 소란행위와 2차 은폐성 범죄행위가 합리적으로 연결되지 않기 때문에 주변의 시선을 쉽게 피할 수 있다는 겁니다. 셋째로 범인은 피해자와 사회적으로 근접해 있기 때문에 익명성이 전혀 보장될 수 없다는 겁니다. 그래서 대상이 사람일 경우에는 살해되기 쉽습니다. 즉 이 소란행위에 의해서 야기된 범죄는 의외로 그 결과가 어이없는 경우가 많다는 겁니다."

"음… 좋습니다. 다 좋아요. 그렇다면 누가 누구의 무슨 관심을 흩트리려고 했단 말입니까?"

"아이들의 행방에 대해 가장 직접적인 관심을 가지는 건 누구겠습니까?"

"부모들?"

"예.

"그 부모들의 무슨 관심을 어떻게 유도한단 말입니까?"

"꼭 그 실종 아이들의 부모들만 대상은 아니죠. 그날 아이들이 학교에 가지 않았으니까 아이들이 없어졌다는 소문이 동네에 돌게 되면 어느 집 아이들이 없어졌는지 모르니까 자연스럽게 동네에는 소란이 벌어지겠죠."

"그렇다면 동네 주민이 그 대상이란 말인가요?"

"그렇습니다. 동네 전체가 그 대상이 될 수 있습니다. 그래서 현재 진행 중인 주민들의 관심을 다른 곳으로 유도함으로써 예정된 행동을 방해하는 겁니다."

"예정된?"

"예."

"그날 선거가 있었는데… 그래서 애들도 학교에 가지 않았고… 그럼 이 사건이 그날 있었던 선거와 관계있다는 말입니까?"

"저는 그렇게 봅니다. 개인적인 추리로는요."

우리는 잠시 말을 멈추고 휴식을 취했다.

"성수 어머니가 11시부터 성수를 찾아 나섰다는 사실에 대해서는 생각해 보셨습니까?"

나는 몇몇 구체적인 정황에 대해서 그 사건을 전담했던 D 수사관이 어떤 견해를 가지고 있는지 알고 싶었다.

"성수 어머니 말로는 11시에 갑자기 가슴에 심한 통증과 함께 이상한 예감을 느끼고 찾게 되었다던데요. 그 점에 대해서 어떻게 생각하십니까?"

D 수사관은 그 질문을 피하고 있었다.

"그러니까 김 박사님 이야기의 핵심은 누군가 아이들을 산에 올라가게 해놓고 11시에 성수 어머니로 하여금 동네에서 아이들이 없어졌다는 소문을 내게 만들었다는 말입니까?"

"저는 그렇게 봅니다."

"아닌데…."

D 수사관은 고개를 갸웃거리고 있었다.

"그날 낮에 동네에서 아이들을 찾는 일은 전혀 없었는데요."

"……."

"좋습니다. 아이들이 없어졌다고 소문을 내서 선거를 방해했다는 겁니까?"

"주민들이 선거에 참여하는 것을 부분적으로 방해할 의도가 선행했을 거라는 말이죠."

"왜요?"

D 수사관은 이야기가 막바지에 다다랐음을 알고 의아스런 표정으로 빠르게 파고들었다.

"이렇게 추리해 봅시다. 후보자를 돕는 협조자들이 그 지역 주민들이 자기들이 지지하는 후보를 찍지 않을 거라고 사전에 판단했다면 충분히 그럴 수도 있지 않겠습니까?"

D 수사관은 이 부분에서 웅크렸던 가슴을 펴고 뒤로 기대면서 긴장을 푸는 것 같았다.

"에이! 이야기는 그럴싸한데 너무 추상적으로 파고드는 거 아닙니까? 기초의회의원이 뭐 그렇게 대단한 거라고요. 그리고 그때 당시에 그런 분위기도 아니었고, 또 그렇게 소란을 피워서 몇 표나 방해할 수 있다고…."

D 수사관은 처음에는 전율을 느끼며 시작했다가 나중에는 코미디 식으로 끝나는 삼류 추리소설을 읽고 난 기분이라는 표정을 지으며 창밖과 시계를 번갈아 바라보았다. 그러면서도 계속해 보라는 듯이 '그래서요?' 라는 말로 분위기를 이어 주었다. 나는 그것만으로도 다행이다 싶었고, 어쨌든 이 고비를 넘겨야 한다는 생각에서 약간의 강도를 더하기 시작했다.

"아닙니다! 잠깐만요! 절대로 그런 정상적인 판단은 금물입니다. 조금만 더 들어보세요."

"예. 계속해 보세요."

"선거란 승자와 패자를 가리는 일이고 절대로 단순한 행사가 아닙니다. 만약 선거 협조자들이 한 표 또는 두 표 차이로 당락이 결정될 수도 있다고 생각했다면 충분히 그럴 수 있습니다. 실제로 그날 치러진 선거결과를 조사해 보았더니 한 표 차이가 난 지역도 있었고, 심지어 동점인 경우도 있었습니다. 그래서 연장자 우선원칙에 의해서 당락이 결정되었습니다. 만약에 어떤 후보가 한 표 차이로 낙선할 거라는 것을 사전에 알았다면, 물론 알 수는 없겠지만, 예견할 수 있었다면 어떤 식으로든지 자기에게 불리한 지역에 뛰어들어 일정한 소란을 피워 방해할 수도 있다는 가능성을 배제하지는 못합니다. 그것을 도덕적으로 받아들이고 싶지 않을 뿐 그 가능성이 없다고 말할 수는 없습니다."

D 수사관을 다시 본 궤도로 끌어들이는 데는 잠시 침묵이 필요했다.

"좋습니다. 가능성이야 뭐든지 다 있을 수 있으니까 그렇다고 치고, 그렇다면 아이들은 어떻게 됐다는 말입니까?"

나는 그 사건에 대한 가상 시나리오를 제시하기에 앞서 아직도 꺼내놓지 못한 핵심 단어를 끄집어 낼 때가 되었음을 알고 주저거렸다.

"저는 성수 어머니가…."

"말하세요."

D 수사관의 시원스럽게 터져 나오는 말투에 오히려 주춤거리는 것은 내 쪽이었다.

"음…."

"괜찮습니다. 김 박사님이 무슨 말을 하려는지 저도 대강 압니다. 상관없으니 말하세요. 여기는 수사기관이고, 어디까지나 하나의 제보니까요."

D 수사관의 그 말은 의외였다. D 수사관도 성수 부모에 대하여 뭔가 느끼고 있었을까 하는 생각을 의문으로 남기고 나는 결론으로 접어들었다.

"아이들이 그날 산에 올라갔던 것은 아침이 아니고…."

"예."

"그날 9시경에 삼거리 슈퍼마켓 앞까지 갔다가 방향을 틀어 동네를 벗어나 다른 지역까지 가게 되었습니다. 거기서 누군가를 만났고, 그 사람은 빵 같은 음식물과 약간의 돈을 주면서 아이들에게 ○○산에 가서 도롱뇽 알을 잡아 어느 지점까지 오라는 지침을 내렸던 겁니다."

"예."

"선거 협조자들이 그 아이들을 일정 시간까지 데리고 있는 사이에 성수 어머니가 아이들이 없어졌다는 소문을 11시경에 동네에 퍼트리기 시작했습니다."

D 수사관은 눈을 감고 계속하라는 신호를 보내고 있을 뿐 표정에는 전혀 변화가 없었다.

"그들의 처음 계획은 일정 시간이 지나고 나서 아이들을 돌려보내려고 했습니다. 그런데 그 사이에 사고가 발생했던 겁니다."

"예."

"순수한 추립니다만 아이들 중에 누군가 집에 보내 달라며 항의하다가 예기치 않은 사고가 발생했을 수도 있고, 아니면 도망을 시도하다가 사고를 당했을 가능성도 생각할 수 있습니다. 예를 들어서 그중에 누군가 죽었다고 가정해 봅시다."

"예."

"그리고 아이들은 그 어른들이 누군지 정확히 알고 있다고 생각해 보세요. 나머지 아이들을 돌려보낼 수 있겠습니까?"

오랜만에 D 수사관이 반응을 보이고 있었다.

"소란행위가 범죄행위로 발전했다는 말이죠?"

"맞습니다. 그때는 이미 심각한 범죄가 저질러졌고 자신들의 익명성도 전혀 보장되지 못하는 상황에 봉착했습니다."

"그래서 아이들을 희생시키지 않을 수 없었다?"

"예."

"좋습니다. 하지만 그럴 수가 있겠습니까?"

"무슨…?"

"성수 어머니가 11시부터 소문을 퍼트리기 시작했다면 적어도 성수 아버지나 어머니가 이 사건에 개입됐다는 말 아닙니까? 만약 그렇다면 자기 자식을 어떻게 그 대상에 포함시킬 수 있겠습니까?"

"아니죠. 성수는 그 실종자 명단에 들어 있어야만 합니다. 그렇지 않으면 성수 어머니가 아이들이 없어졌다는 소문을 낼 명분이 없지 않습니까?"

"자기 아들을 찾는 척하면서 소문을 내야 하니까?"

"그렇죠. 소란행위로부터 시작되는 범죄는 장난 비슷하게 시작되니까 성수가 그 명단에 들어 있는 것이 심각한 일이라고 생각할 수는 없었겠죠."

"처음 시작할 당시에는?"

"그렇습니다. 그런 우발적인 사건이 벌어지리라고는 전혀 생각을 못했을 테니까요."

"카… 좋습니다. 설령 그런 일이 실제로 벌어졌다고 해도… 자기 자식인데…?"

"맞습니다. 당연하죠. 저라도 내 자식만큼은 구하려고 했을 겁니다."

나는 한편으로는 D 수사관의 표정을 읽어가면서 또 다른 이야기를 준비하고 있었다.

"4월 4일에 납치범으로부터 돈을 요구하는 전화가 걸려왔다고 하는데, 그런 전화가 실제로 있었다고 봅니까? 저는 그 전화는 실제로 온 게 아니라고 생각합니다."

D 수사관은 이 부분에서 쉽게 동조하고 있었다.

"저도 그 전화는 B씨의 자작극이라고 생각합니다."

"그래요?"

"왜냐하면 그때 전화가 왔다고 성수네 집에 연락이 왔을 때…."

그 말을 듣는 순간 미세한 충격이 뇌세포를 스쳤다. 나는 그것을 확인하려고 D 수사관의 말을 주저 없이 차단하고 나섰다.

"잠깐만요. 그게 무슨 말입니까?"

"뭐 말이죠?"

"그럼 그 돈을 요구하는 전화가 성수네 집으로 직접 걸려온 게 아니란 말입니까?"

"아닙니다."

"그래요?"

"그런 전화를 받은 것은 B씨가 잘 아는 사람이었습니다. 그리고 그런 내용을 성수네 집에다 전화로 알려 준 거죠."

나는 서둘러서 그 내용을 수첩에 기록하고 있었다.

"그때 상황을 좀 자세히 말씀해 주세요."

D 수사관은 이 부분에서 잠시 주춤거리다가 말을 꺼냈다.

"○○○ 씨라고 이 지역 국회의원이 위로 차 성수네 집에 와 있는 그 순간에 B씨가 잘 아는 사람 집으로 그런 전화가 걸려 왔다는 겁니다. 그것을 성수네 집에다 전화로 알려 준 거죠. 그런 전화가 방금 걸려왔다고."

"그럼 범인의 목소리를 들은 것은 B씨가 잘 아는 사람이라는 말입니까?"

"그런 셈이죠."

"왜 그쪽에다 돈을 요구했을까요?"

"그게 시간적으로 우연의 일치였는지도 그렇고, 왜 그런 전화가 직접 성수네 집으로 걸려오지 않고 그쪽으로 오게 됐는지 그 점도 이상하고…."

"그러네요."

"더 이해가 안 되는 것은 납치범이 돈 400만 원을 요구했다는데, 어떤 미친놈이 돈 400만 원에 아이들을 다섯이나 납치하겠습니까? 그 애들 식량비도 안 될 텐데. 나는 그것이 자작극이었다고 봅니다."

"그래요?"

"왜 그렇게 생각하느냐면…."

D 수사관은 다시 한번 주춤거리다가 말을 이었다.

"처음에 아이들이 없어졌다는 신고를 받았을 때 경찰에서는 가출로 봤거든요. 애들이 뭉쳐서 나갔다 돌아오지 않으면 일단은 가출로 보는 게 일반적이거든요. 안 그렇습니까?"

"예."

"어린이 실종신고를 받자마자 부모들의 주장만 듣고 납치되는 현장을 본 목격자도 없는데 대대적인 수사력을 동원시킨다는 게 현실적으로는 불가능합니다. 결과가 이렇게 되고 보니까 아쉬운 점은 남지만, 안 그렇겠습니까? 할 일이 태산이고 손이 모자라는 판에."

"그렇겠죠."

"그래서 내 생각에는 B씨가 빨리 대대적인 수사력을 끌어들이기 위해서 ○○○ 의원이 자기 집을 방문했던 그 시간에 맞춰 벌인 자작극이라고 생각합니다. 납치가 분명한데 경찰에서는 가출로 보고 적극적으로 나서지 않고 있으니까 그런 전화가 왔다고 거짓말이라도 해서 빨리 애를 찾고 싶은 부모의 심정에서요."

"그럴 수도 있겠군요."

나는 D 수사관의 말에 동의한다는 뜻으로 고개를 끄덕였다.

"그리고 약 두 달 뒤에, 성수가 밖에서 걸어온 전화 내용에 대해서는 어떻게 보십니까?"

"아, 그거요. 그것도 이상해요. 납치범의 목소리는 전혀 없고 성수 목소리만 들립니다. 국과수에서 감정을 했는데, 그 목소리가 성수 목소리와 유사하기는 한데 단서가 짧아서 확신은 못한다는 식으로 회답이 왔어요. 학교 친구들이나 친척들은 성수 목소리가 맞다고 진술했고, 직접 통화했던 성수 어머니도 분명히 성수 목소리라고 하고요."

"만약 그 아이가 성수였다면 전화를 걸어왔던 납치범의 목적이 뭐라고 생각하십니까?"

"없죠."

"그렇습니다. 왜냐하면 거기에는 성수와 성수 어머니 목소리밖에 없거든요."

"하지만 장난전화라고 보기에는 그것도…."

D 수사관은 답답하다는 표정을 지으며 고개를 저었다.

"돈을 요구했던 전화나 성수가 걸어왔던 전화가 말해주는 것은 사실상 아무것도 없습니다. 하나만 빼고요. 그 전화는 어쩐지 성수만 유일하게 살아 있다는 암시를 주는 것 같지 않습니까?"

"……."

"나머지 네 아이들과 관련된 다른 이야기가 혹시 있습니까?"

"없습니다."

D 수사관은 짤막하게 답변한 뒤 갑자기 생각난 듯이 물었다.

"그럼 성수는 지금 살아 있다는 말인가요?"

"가능성이 없다고 말할 수는 없죠. 만약 성수 아버지나 어머니가 그 소란행위에 개입되어 그런 상황에 직면했다면, 어떻게 해서든 자기 자식의 희생만큼은 막았을 거 아닙니까? 그리고 적당한 시기를 보아 성수만 살아 돌아온 것처럼 해서 구제하려고 하지 않았을까요?"

"후우…."

"이런 소란행위에 대한 가능성을 고려해 본 일이 있습니까?"

다시 한번 긴 한숨을 내뱉은 뒤 D 수사관은 솔직한 심정을 털어놓았다.

"솔직히 말하자면 전혀 생각해 본 바가 없습니다. 이 쪽으로는…."

D 수사관과 긴 이야기를 마치고 수사본부를 나섰을 때 어둠이 내린 도심은 진한 화장술로 네온의 새벽을 준비하고 있었

다. 나는 그것이 그토록 긴 이야기가 방해 없이 진행되었던 것을 자축하는 작은 불꽃놀이처럼 느껴졌다.

제4장

외로운 게임

1차 가설을 정리해서 우편으로 D 수사관에게 보낸 게 1993년 11월 5일이었다. 나는 현지에서 성수 어머니가 11시부터 아이를 찾아 나섰던 것이 실제로 그날 동네 주민들에게 소란을 유도할 수 있었는지, 그리고 B씨가 선거에 얼마나 관여했는지 등등이 조사되고 있을 거라고 믿고 있었다.

그 사이에 나는 심리검사지를 만들고 있었다. 실종 어린이 부모들의 가슴에 묻힌 생각에서 사건의 윤곽을 추정해 보려는 목적이었다. 모든 심리검사의 가장 큰 문제점은 의도적인 왜곡을 제거하기가 어렵다는 것이다. 즉 고의로 진심을 숨기거나 왜곡시킬 경우를 생각해야 하므로 검사 문항은 목적을 우회하는 방법으로 만들어야 했다.

주변 환경이 어떤 형태로든 안전하지 못하다고 판단되면 자신의 진심이 외부에 그대로 노출되는 것을 꺼리기 때문에 심리검사를 통해서 상대방의 진심을 그대로 파악하기란 쉬운 일이 아니다. 더구나 이런 중대한 사건에 대한 진술을 하면서 마음속에 숨겨진 이야기를 꺼내놓기란 더욱 어려운 일임이 분명했다.

당시 나의 가장 중요한 검사 목적은 해당 부모들이 이 사건을 어떻게 보고 있는지 알아보는 것이었다. 해당 부모들은 당국의 계속된 노력을 이끌어내기 위하여, 또는 알려지지 않은 또 다른 이유로 이구동성으로 납치라고 주장하고 있었다. 하지만 그들의 마음속 깊은 곳에는 아는 사람이 관련되었을지도 모른다는 생각을 가지고 있을지도 모르는 일이었다.

만약 그렇다면 해당 부모들의 생각은 과거에 저장되었던 기억으로부터 온다고 볼 수 있으므로 그것을 수집해서 분석해 보면 사건의 윤곽이 잡힐 수도 있다는 게 당시 나의 생각이었다.

여기에는 '대리표현' 기법을 사용할 생각이었다. 어려운 전문용어처럼 들리지만 '대리표현' 기법이란 자신이 직접 말할 수 없거나 주변 분위기 때문에 망설여지는 생각을 대리인을 내세워 표현하게 하는 기법이다. 예를 들자면 '이 사건 때문에 점쟁이를 찾아가 본 일이 있습니까?' 라고 물었을 때 그렇다고 대답하면 다시 '점쟁이가 뭐라고 하던가요?' 라고 묻는 식이다. 이때 점쟁이는 대리인이 될 수 있다. 물론 응답자는 실제로 점쟁이가 했던 말을 기억해서 이야기하겠지만 무의식적으로 자신이 직접 할 수 없는, 그러나 하고 싶은 말들을 중간 중간에 내뱉을 수도 있다. 그것들을 종합해서 분석하다 보면 부모들의 생각을 알아볼 수 있을 거라고 생각했다.

그런 문항을 삼십여 개 만들어 내기란 생각처럼 쉽지 않았다. 어렵게 검사지가 완성된 후 나는 수사본부에 협조를 구할 적절한 시기를 기다리고 있었다.

1차 가설을 보내 놓고 4일이 지난 후 나는 수사본부에 전화를 걸어 새로운 사실이 밝혀졌는지 알아보았다. D 수사관은 그런 것은 없지만 조사는 계속하고 있다고 했다. 특히 성수 어머니가 11시경에 여기저기 다니며 동네에서 성수를 찾은 것은 사실이지만 그 시간은 짧았고 그날 낮에 동네는 조용했으며 다른 부모들은 저녁 늦게까지도 아이들을 찾지 않았다고 했다. D 수사관의 그 이야기는 나의 마음속에 무거운 돌덩이 하나를 남기고 있었다.

그리고 또 하나 그날 D 수사관은 전혀 예기치 않았던 소식을 전해 주었다. 전직 수사관과 교수들을 중심으로 구성된 수사연구팀이 조만간 서울에서 내려올 거라고 했다. 수사연구팀에 대해 몇 마디 물었으나 D 수사관도 그 연구팀이 만들어진 배경에 대해서는 전혀 모르는 일이라고 했다. 불과 며칠 전까지만 해도 전혀 그런 이야기가 없었는데 잘됐구나 싶은 생각이 들었다.

물론 공식적인 자격은 없지만 관심이 있으니 나도 그 팀에 참가했으면 좋겠다고 D 수사관에게 부탁했을 때 그는 '그것은 내가 결정할 수 있는 일이 아니니까 그분들에게 물어보고 나서 알려 주겠습니다' 라고 대답했다.

나는 다시 실종 어린이 부모들을 상대로 심리검사를 해보려고 하는데 수사본부의 협조가 필요하다고 부탁했다. D 수사관은 그것은 어려운 일이 아니니 언제든지 들르라고 했다.

내가 다시 수사본부에 전화를 건 것은 11월 12일이었다. 나는 D 수사관에게 다시 한번 간곡히 그 수사연구팀에 참여했으면 좋겠다는 의사를 전달했으나 결성된 연구팀이 원하지 않는다는 확고한 입장을 전해 들었다. 게다가 심리검사도 지금으로서는 조금 곤란하다는 식의 태도 변화까지 확인하고 실망하지 않을 수 없었다.

물론 수사기관에서 하는 일에 아무런 직함도 없는 개인이 참여한다는 자체가 형식을 벗어난 것은 사실이었다. 하지만 그 사건에 대하여 새로운 가설을 제공한 사람이 자발적으로 참여하겠다는데 그와 같은 거절이 돌아오다니 의외였다.

그 연구팀은 11월 16일경에 현지에 도착하여 모종의 수사와 연구를 진행시키고 있었다. 나중에 알게 된 사실이지만 경찰력이 동원되어 ○○산을 다시 수색했다는 이야기를 들었다. 아마도 아이들을 유인했을 만한 유력한 장소를 지정하여 집중적으로 수색했던 거라고 나는 추정하고 있었다.

다시 며칠이 지나고 나는 수사본부에 전화를 걸어 B 순경과 통화했다. 해당 부모들을 상대로 심리검사를 해보려고 하는데 그쪽에서 부모들에게 협조를 부탁하는 전화를 해줄 것을 요구했다. 그러나 B 순경은 D 수사관이 자리에 없으니 30분 후에 다시 전화를 해보라고 했다. 30분 후에 다시 전화했다. 그러나 B 순경은 D 수사관이 출장 중이라고 했다. 나는 그와 같은 대답을 공식적인 협조는 할 수 없다는 말로 해석할 수밖에 없었다.

나는 강의에서 종종 예감에 대해서 이야기한다. 그것은 기억분야에 속하는 주제이기 때문이다. 과학적인 시각에서 본다면 예감이란 미래에 일어날 일에 대한 선견이나 경험하지 않은 과거정보를 어떤 초인적인 힘으로부터 전달받는 것이 아니다. 그런 것은 미신적인 해석에서만 가능한 일이다.

하지만 내가 그런 식으로 한정지어서 예감을 해석했던 것은 문제가 있을 수 있다는 생각을 늘 가지고 있었다. 다만 내가 학생들에게 그렇게 이야기했던 것은 일어날 가능성이 극히 희박한 것을 마치 일상에서 늘 있는 것처럼 믿는 것을 우려했기 때문이었다.

문제는 그 가능성의 크기인데, 그야말로 극히 희박하다. 그것은 지문이나 유전자 코드가 우연히 일치할 수 있는 가능성과 크게 차이가 없기 때문에 어쩌면 이론적으로만 가능할지도 모른다. 심리학자 융이 주장한 '아키타입(Archetype)'에 의하면 인간은 선험적 정보를 받을 수 있는 루트를 가지고 있다고 한다. 즉 과거의 경험 없이도 일정한 정보가 우리에게 전해질 수 있다는 말이다. 막 태어나 전혀 학습이 없는 영아도 일정한 정보를 가지고 있음은 이미 여러 연구에서도 입증되고 있다. 융의 그와 같은 주장은 물리심리학적 근거를 가질 수도 있다.

11월 18일. 날씨는 화창했고 그날따라 나는 마음의 갈피를 잡지 못하고 있었다. 융이 말한 선험적인 어떤 정보가 나에게 전해지고 있었던 것일까? 예상할 수 없는 어떤 운명의 시간표가 째깍거리며 다가오고 있음을 느끼면서 나는 나도 모르게 그쪽으로 끌려가고 있었다. 해당 부모들을 일대 일로 만나 협조를 부탁하기로 하고 나는 무작정 집을 나섰다.

그때가 오후 2시경이었다. 나는 수사본부와는 독립적으로 처음부터 시작한다는 생각으로 완성된 심리검사지를 가지고 현지로 향했다. 내가 현지에 도착한 것은 오후 6시 반경이었다. 수사본부에서는 뭔가 진행 중이었다. 예전의 한적한 분위기와는 달리 승용차들이 도로변에 줄지어 서 있었고 경찰차는 연신 사람을 실어 나르고 있었다. 불이 켜진 이층 수사본부에서 사람들이 분주하게 움직이는 모습이 창문에 그림자로 나타났다. 전에는 볼 수 없었던 일이었다.

다방으로 들어가던 한 남자가 뒤를 힐끔 돌아보면서 '수사본부에서 아직도 뭘 하나?' 라고 한마디 던지며 내 옆을 지났다. 나는 씁쓸한 아쉬움을 뒤로하고 걸음을 돌려야 했다. 외로운 게임이 시작되고 있음을 직감하고 있었다.

제5장

B씨와의 첫 만남

그렇게 수사본부를 뒤로 남기고 나는 아이들이 살았던 동네로 향했다. 구멍가게 공중전화에서 민수네 집에 전화를 걸었다. 민수 부모는 집에 없었다. 10시경에 다시 전화를 해보라는 민수 형의 말을 머리에 담고서야 배고픔을 느끼고 도로를 건너 음식점을 찾았다. 그날 저녁 음식점에 들어선 시각이 오후 7시 20분이라고 내 수첩에는 적혀 있다. 아주머니의 인사가 무척 인상적이었다.

자리를 잡고 막 앉으려는 순간, 나는 잠시 호흡을 멈추고 눈앞에 보이는 사람의 형상과 목소리에 대하여 저장된 기억을 황급히 뒤지고 있었다. 그는 분명히 처음 보는 사람이었다. 그러나 나는 그가 누군지 잘 알고 있었다. 그는 실종 어린이 성수의 아버지 B씨였다. 실로 묘한 인연이었다. 예정도 없이 달려와 찾은 어느 식당, 그리고 2미터 남짓한 거리에 앉아 있는 B씨! 여러 가지 의문점들이 묘하게도 그 사람하고만 연결되고 있기에 이 사건에 어떤 식으로든지 관련되어 있을 거라고 믿고 있는 바로 그 사람이 아닌가.

나는 그가 하는 말을 귀담아듣기 시작했다. 그들 사이에서 오가는 말들은 동창회 이야기, 사냥에 대한 이야기, 그리고 무슨 공사장에서 일하던 그런 이야기였다. 이야기를 끝까지 듣고 있다가 그들이 떠날 때쯤 나는 B씨에게 접근하여 말을 건넸다.

"B씨죠?"

"예. 그런데…?"

그는 나를 멍하니 바라보고 있었고 주위 사람들의 고개가 일제히 우리 쪽으로 향했다.

"저기 잠깐 밖에 나가서…."

"예. 그러죠."

우리는 밖으로 나와 식당 앞에 주차된 B씨의 승용차를 등지고 나란히 섰다. 골목 끝 도로로는 차들이 줄이어 지나고 있었고 그 건너편으로는 아이들이 올라갔다는 ○○산의 윤곽이 선명하게 자리 잡고 있었다.

"TV에서 여러 번 봤습니다."

"아, 예. 뭐 좋은 일도 아닌데…."

"개구리소년 실종 사건에 대해서 연구도 하고, 특히 그런 엄청난 정신적 충격을 입은 사람들을 대상으로 심리검사도 하고 뭐… 그런 사람입니다."

"그렇게 관심을 가져 주셔서 대단히 감사합니다. 그런데 저한테 무슨 볼일이…?"

"부모님들을 상대로 심리검사를 해봤으면 해서요."

"심리검사요?"

"예."

"어떻게 하는 건데요?"

"뭐 별거 아닙니다. 어떻게 그런 엄청난 충격을 극복해 가고 있는지, 정신적으로 후유증은 없는지 그런 거죠."

"음… 그렇다면 오늘은 너무 늦었고… 그런데 부모들이 응해줄지 모르겠네요."

"부탁드리겠습니다."

"그럼 전화번호를 적어 줄 테니까 내일 아침 9시 이후에 전화를 해보세요."

B씨는 자기 집 전화번호를 알려주고 7시 40분경에 세 사람의 친구들과 같이 식당을 떠났다. 내 기억이 맞는지 확신할 수

없지만 그들 중에 한 사람은 팔이 하나 없던 것으로 기억된다.

다음날 오전 8시경 근처 여관에서 나와 전날 그 식당에서 아침을 먹었다. ○○산으로 올라가는 삼거리 구멍가게 앞에서 B씨를 만난 것은 9시 20분경이었다. 내가 B씨를 ○○산으로 올라가는 길 입구에서 만나자고 했던 것은 직접 ○○산의 전경을 보면서 그의 설명을 듣고 싶었기 때문이다. 바람이 다소 불어오자 약간의 흙먼지가 일었을 뿐 주위에는 통행인이 거의 없는 한적한 분위기였다.

나는 그와 ○○산 정상을 바라보고 나란히 섰다. 그는 아이들이 납치당했을 예상 위치를 지적하면서 누군가에 의해서 끌려간 게 분명하다는 주장을 전개했다. 그에게 나를 소개한 것은 그와 같은 설명이 있은 후의 일이었다. 그는 상대방이 누구든 상관없이 찾아오는 모든 사람에게 순서대로 이야기하는 것 같았다.

우선 부모님들을 만나 봤으면 좋겠다는 의사를 보이자 조금은 부정적이었다. 그는 그 이유를 이렇게 설명했다. 2년 8개월이 지나는 동안 너무 많은 사람들이 찾아와 이제는 부모들이 지쳤다는 것이다. 그 사건이 나고 처음 일 년까지만 해도 혹시나 하는 마음에서 찾아오는 수사관들, 기자들, 심지어 무당까지 만나 세세한 것을 설명하기도 했지만 이제는 지쳤고 아무

소용없는 일이라고 생각한다는 거였다. 게다가 대부분 생활이 어려워서 집에 있지 않고 부부가 일을 나간다고 했다. 아무튼 하는 데까지 해보자고 부탁하자 그는 나를 먼저 자기 집으로 안내했다.

B씨의 집은 8차선 도로에서 직선거리로 불과 50여 미터 떨어져 위치하고 있었고 대문 앞으로 지나는 좁은 비포장 길은 사람들의 통행량이 많아 보였다. 집에 들어선 것은 9시 50분경이었다. 차를 대문 앞에 주차하고 마당으로 들어섰다. 집은 오래된 재래식으로 구조는 복잡해 보였다.

성수 어머니는 싱크대에서 설거지를 하고 있었으나 내 쪽으로는 고개를 돌리지 않았다. 모르는 사람이나 물체를 바라보지 않는다는 것은 사전에 그 물건이나 사람에 대하여 많은 생각을 했고 이미 알고 있다는 것을 암시한다. 성수 어머니는 내가 무슨 목적으로 왔다는 것을 알고 있었고 그것에 대하여 남편과 이미 이야기가 있었음을 추정할 수 있었다.

연세가 많아 보이는 성수 할머니 역시 의자에 앉아 나를 유심히 쳐다볼 뿐 아무런 말이 없었다. 나는 약간은 당황했다. 집안에 낯선 사람이 들어섰는데 모두가 전혀 반응이 없기 때문이었다.

내가 방에 들어와 앉자 B씨는 성수의 앨범을 찾고 있었다.

그것은 아마도 찾아오는 사람을 대하는 첫 번째 순서인 모양이었다. B씨가 그러고 있는 동안 나는 주위를 둘러보았다. 벽에는 성수의 유치원 졸업사진이 걸려 있었고 아직도 성수의 책이며 장난감 같은 것들이 그대로 진열되어 있었다. B씨가 한동안 앨범을 찾지 못하여 여기저기 기웃거리고 다니는 것으로 보아 그의 말처럼 요즈음은 찾아오는 사람도 없는 모양이었다.

그때 성수 할머니가 슬그머니 문지방을 건너 방으로 들어오고 있었다. 나는 뭔가가 전개될 거라는 예감을 느꼈다. 앨범을 찾지 못한 B씨가 마루를 지나 옆방으로 향할 때 할머니가 뭔가를 표현하려고 입술을 움직이면서 애를 쓰고 있었다.

나는 그제야 할머니에게 언어장애가 있다는 것을 알았다. 할머니는 나를 향하여 뭔가를 표현하고 있었다. 손으로 B씨의 등을 가리키며 뭐라고 하는 할머니의 얼굴에서 흥분된 심리상태를 읽을 수 있었다. 할머니는 알 수 없는 수화를 하는 것 같았다. 손가락 두 개를 앞으로 내밀고 다른 손으로 그 손가락을 끊어내는 듯한 손놀림을 했다.

그러나 그것이 정확한 기억은 아니다. 왜냐하면 그 손동작은 순식간에 일어났기 때문이다. 그러나 분명한 것은 할머니가 B씨를 가리키면서 뭔가 강력히 나에게 호소했다는 점이다.

잠시 후에 B씨가 앨범을 찾아 들어오면서 나가 있으라는 몸

짓을 보이자 할머니는 슬그머니 밖으로 나가 버렸다. 성수의 일기장과 앨범을 검토해 본 결과 성수에 대한 부모로서의 관심은 남다를 바 없었던 것 같았다. 아들에게 자상했고 많은 관심을 가지고 있었던 것으로 판단되었다.

"손을 탄 겁니다."

"납치됐다는 말씀인가요?"

"그렇죠. 아니면 어디서 누가 봐도 봤을 텐데…."

나는 지난밤에 잠을 설치면서 두 가지를 구상해 두었다. 만약 B씨가 비협조적이고 귀찮다는 식의 태도를 보이면 심리검사를 추진하려고 했고 다행히 협조적이면 심리검사는 나중으로 미루고 그의 이야기를 듣기로 했던 것이다. 후자의 상황이 진행되는 것 같았다.

"안 그렇습니까? 내가 생각해도 참 해괴한 일입니다."

"예."

"내 생각에는 이 사회에 불만을 품은 불순분자들이 아무런 이유도 없이 단순히 사회를 혼란시킬 목적으로 산에서 아이들을 납치해 갔지 않나 싶어요."

"불순분자가요?"

"예. 이 ○○산 뒤는 고속도롭니다. 애들을 싣고 내빼면 대한민국 어디든지 3시간이면 갑니다."

"그럼 모르는 사람에 의해서 납치됐다는 말씀인가요?"

"그렇죠. 그렇지 않고는 생각해 볼 게 없잖습니까?"

나의 청각은 마루에서 일을 하고 있는 성수 어머니의 보이지 않는 움직임도 빠뜨릴 수가 없었다.

"그 심리검사는…?"

"저기… 우선 이 사건에 대한 저의 견해를 이야기하고 싶은데요."

"좋습니다. 해보세요."

"저는 이 사건이 납치라고 생각합니다만…."

"맞아요. 그거 아니고는 생각할 수 있는 게 없으니까요."

"그런데 납치는 납친데…."

"예."

"모르는 사람에 의한 납치가 아니라 어떤 식으로든지 아는 사람과 연결됐을 거라고 생각합니다."

B씨는 얼굴에 의아해 하는 표정을 지었다.

"아는 사람?"

"예."

잠시 침묵이 흐르고 나서 B씨는 다시 말을 이었다.

"동네 사람 말입니까?"

"이 동네 사람이 아닐 수도 있죠. 하지만 아이들이 잘 알고 있는 사람이 관련되었을 거라는 말입니다."

여기에서 상당히 긴 침묵이 흘렀던 것으로 나의 수첩에는 기록되어 있다.

"그야 모르는 일이지만 이 동네뿐만 아니라 인근 마을까지, 심지어 사돈의 팔촌까지 전부 다 경찰에서 여러 번씩 조사했어요. 하지만 전혀 그런 것은 없었는데요."

나는 종이에 지도를 그려가며 나의 주장을 끄집어내기 시작했다. 얼마 전에 D 수사관에게 했던 이야기지만 일단 선거 이야기는 빼고 비슷한 다른 예를 들면서 나의 가설을 전개했다. 그동안 B씨는 고개를 돌려 방바닥을 주시한 채 말이 없었다. 긴 이야기가 끝에 왔을 무렵 B씨는 긴 침묵을 깨고 응답했다.

"허… 듣고 보니 이야기는 그럴싸한데요. 하지만 동네를 그렇게 샅샅이 뒤졌는데 뭐 그런 게 있을 리가 있겠습니까?"

B씨와 나는 12시 15분까지 그 사건에 대하여 많은 이야기를 주고받았다. 나와 그의 견해는 달랐다. 그는 아이들이 산에 올라가서 놀던 도중 대략 오전 11시경에 — 성수 어머니가 가슴에 심한 통증을 느끼며 이상한 예감을 받았다는 그 무렵에 — 산에서 납치범을 만났을 거라고 추정하고 있었다.

반면에 나는 아이들이 산에 올라간 것은 사실로 보이지만 누군가로부터 일정한 장소까지 유인되었을 거라고 생각했다.

그 후에 어떤 소란을 목적으로 아이들을 유치하고 있는 과정에서 예기치 않은 사고가 발생했고, 어떤 식으로든지 아는 사람이 관련되었을 거라는 주장을 제시했다.

B씨와 내가 단둘이 방에서 그 사건에 대하여 이야기하고 있는 동안 성수 어머니는 무엇을 찾는 듯 두 차례 방에 들어와 내가 종이에 그려놓은 지도를 내려다보고 나갔다. 그리고 우리가 이야기하는 내내 무슨 수공작업 같은 것을 하면서 마루 근처를 떠나지 않고 있었다. 아마도 방 안에서 오가는 말을 처음부터 끝까지 듣고 있었을 것이다. 내가 집 안에 들어섰을 때 외관상으로 보였던 태도와는 다른 것이었다.

우리 둘의 이야기가 진행되는 동안 그 방에 들어왔던 또 다른 사람은 B씨의 남동생, 그리고 그와 같이 온 중년 남자였다. 그들은 무슨 서류 같은 것을 손에 들고 있었다. 그들과도 몇 마디 말은 했지만 별 다른 것은 없었다. 사건이 발생하고 약 두 달 뒤에 성수가 걸어 온 전화 녹음에 '프린스(prince)—붕—붕'이라는 배경음이 들어 있다는 말을 국과수로부터 전해 들었다는 것만 접할 수 있었다. B씨는 그 점에 대해서는 그때까지 이야기한 바가 없었다. 나는 그제야 그 전화 녹음에 일반적으로 알려진 것 외에 다른 내용이 있다는 사실을 알 수 있었다.

12시 20분경 우리 둘은 방에서 나왔다. 그때 결정적으로 나를 당황케 하는 일이 벌어졌다. 대문 앞에서 나는 실제로 소변이 마려웠다. 그래서 두 발쯤 앞서 가던 B씨에게 화장실이 어디냐고 묻자 그는 나를 힐끔 뒤돌아보며 잠시 시간을 두었다가 손가락으로 화장실 쪽을 가리켰다. 먼저 '여자' 라고 씌어진 붉은 글씨가 희미하게 보였다. 그 다음 칸이 남자용이었다. 합판으로 만들어진 문을 열자 안은 비교적 어두웠다. 화장실은 시골이어서 그런지 큰 편이었다.

나는 바로 소변을 보기 시작했다. 내가 앞서 가던 B씨에게 화장실이 어디냐고 묻고 첫 소변이 바닥에 떨어지기까지 걸린 시간이 약 13~15초 정도였다고 생각된다. 그러고 나서 곧바로 B씨가 '나도 대변 좀 봐야겠네요' 라고 말하면서 여자 화장실로 들어서는 것이었다. 그러면서 성수 누나가 당시 대통령에게 동생을 찾아 달라는 편지도 썼고 성수 어머니는 몇 날 며칠을 울며 지냈다는 등의 이야기를 계속하는 것이었다.

내가 소변을 마치고 대문 앞에 세워둔 차의 문을 여는 바로 그 순간, 내 등 뒤로 B씨가 따라 나오고 있었다. 나는 속으로 '어?' 하면서 순간적으로 뭔가가 머리를 스치고 지나가는 것을 느꼈다. 그것은 쉽게 이해할 수 없는 그런 것이었다.

그는 곧바로 내 차에 탔다. 나는 그와 이야기를 계속하다 보면 뭔가 더 자세한 내용이 나올지도 모른다는 생각에서 점심을 사겠다며 그를 가까운 식당으로 안내했다. 삼계탕을 먹으면서 나는 B씨로부터 많은 것을 알 수 있었다. 그 사이에도 나의 기억구조는 바쁘게 가동되고 있었다. 할머니의 손동작과 표정을 반복해서 외우는 한편 화장실에서 있었던 일을 기억하며 뭔가를 기민하게 계산하고 있었다.

식사 후 나는 B씨를 다방으로 안내했다. 나는 미국 운전면허증을 그에게 보여 주었다. B씨는 그 운전면허증을 정확한 발음으로 읽었다.

"운전면허증 아닙니까? 지금도 유효하네요."

"유효한지 어떻게 압니까?"

"이 밑에 써 있잖아요."

그는 의외의 영어 실력을 가지고 있었다. 나는 그것을 다시 확인하기 위하여 이번에는 다른 신분증을 내밀었다. 그는 정확하게 그것을 읽었다. 우리는 2시가 조금 넘어 다방에서 나왔다.

다시 동네로 돌아오면서 나는 그에게 간곡히 다른 부모들을 볼 수 있게끔 안내를 해달라고 부탁했다. 그는 먼저 민수네 집으로 나를 이끌었다. 다행히 혼자 있는 민수 어머니를 만날 수 있었다. 민수 어머니는 기독교 신자인 듯했다. 우리가 방에 들어섰을 때 성경을 읽고 있었다. 외판 일을 하고 있다는 민수 어머니 얼굴에서 세상고의 단면을 읽을 수 있었다.

민수 어머니와의 대화에서 나는 중요한 것 하나를 암시 받을 수 있었다. 먼저 이 사건에 대한 부모들의 견해가 일치하지 않을지도 모른다는 생각이 떠올랐다. 민수 어머니는 B씨의 주장과는 달리 단순 실종사건이 아닌 범죄사건일 수도 있다는 생각을 가지고 있는 듯했다. 나는 대략 B씨에게 했던 것과 거의 비슷한 이야기를 들려주었고 B씨는 계속해서 그것을 부정하고 있었다.

"닭 목을 비틀기도 힘든데 어떻게 사람 다섯을…."

"아닙니다. 그럴 수 있습니다. 사람이 얼마나 모질고 흉악한데요. 막다른 궁지에 몰리면 충분히 그럴 수 있습니다."

언제부턴가 민수 어머니와 B씨의 의견이 대립되고 있었다. B씨는 인간의 선한 면을, 민수 어머니는 인간의 악한 면을 내세우고 있었다. 불과 몇 시간 전과 비교하여 나는 엄청난 혼돈에 휘말리고 있었다. 복잡한 미로를 굽어보고 있다는 생각을 지울 수가 없었다.

"그 사건이 나고 초동 단계에서 경찰은 가출로 단정하고 적극적인 조치가 없었습니다."

"그런 점도…."

B씨는 그 점에 대해서는 적당히 동조하는 듯했다.

"오죽 다급했으면 인근에 있는 군부대에 달려가 군인을 동원시켜 달라고 애원했겠습니까?"

민수 어머니의 얼굴에는 미세한 분노가 동시에 교차하고 있었다. 그것은 분명 어떤 불만의 표출이었다. 단순히 경찰이 초동수사를 소홀히 했던 것에 대한 불만만은 아닐지도 모른다는 생각이 스치고 지나갔다.

민수 어머니와 긴 이야기를 나누고 곧바로 철수네 집을 찾아 나섰다. 철수네 집은 민수네 집에서 불과 50미터 정도 떨어져 있었다. 다섯 아이들의 집은 모두 그렇게 근접해 있었다. 대문 앞에서 철수 아버지를 만나 인사를 했으나 그 집 분위기는 차가운 느낌이었다.

실종 어린이 철수의 형 한수는 이 사건의 결정적인 목격자였다. 한수는 ○○산으로 올라가는 입구 삼거리 슈퍼마켓 앞에서 그날 아침 9시경에 다섯 명의 아이들을 만났다고 주장했다. 거기에는 자기 친동생 철수가 끼어 있었기에 그의 목격담은 절대적인 신뢰성을 가질 수 있었다.

내가 한수를 봐야 했던 이유는 그날 B씨와 민수 어머니를 만나고 나서부터였다. 어쩌면 아이들은 처음부터 산에 올라가지 않았을지도 모른다는 생각이 서서히 융기하고 있었다. 즉 한수의 진술마저도 문제가 있을 수 있다는 생각이 들었다. 그쪽으로 나를 몰고 가는 가장 유력한 근거는 사건 초기에 부모들이 단순가출이 아닌 납치를 강력히 주장하면서 빨리 대대적인 수사력이 동원되기를 갈망했던 흔적이 역력했기 때문이다. 어쩌면 한수의 진술도 그런 분위기에서 나왔을 가능성을 생각할 수 있었다.

그리고 그날 있었던 일련의 일들은 나로 하여금 새로운 가설을 검증하게끔 부채질하고 있었다. 즉 유인납치가 아니라 동네 안에서 우발적으로 벌어진 어떤 사건일 가능성이 나의 마음속에서 부상하고 있었던 것이다. 그런 이유에서 한수를 만나는 것은 절대 필요한 일이었기에 냉담한 태도를 취하는 한수 아버지를 붙잡고 5분 안에 두 가지만 질문하겠다고 사정하여 한수를 대면할 수 있었다.

다른 사람은 모두 방을 비우게 하고 나는 한수와 일대 일로 마주 앉았다. 한수는 중학교 3학년이었지만 오히려 여성스러워 보였다. 나는 간단히 내 자신을 소개하고 이렇게 물었다.

"그날 아침에 삼거리 슈퍼마켓 앞에서 아이들로부터 산에 도롱뇽 잡으러 간다는 말을 실제로 들었니?"

"아니오."

한수는 분명히 '아니오!' 라고 대답했다. 그리고 그 말에 이어 한수가 무슨 말을 계속하려는 순간 갑자기 부엌으로 난 작은 쪽문이 부서질 듯이 꽈당거렸다. 한수 어머니가 쪽문을 사납게 박차고 들어온 것이다. 나는 거기서 처음으로 한수 어머니를 보게 되었다. 그리고 날카로운 목소리가 사정없이 날아들기 시작했다.

"지금 뭐 하는 겁니까? 이제 겨우 마음잡고 공부하려는 아이에게 뭘 물어본단 말입니까? 더 이상 괴롭히지 마세요."

"아아… 그게 아닙니다. 저는 단순히…."

나는 자리에서 일어서지 않을 수 없었다. 한수 어머니의 표정은 날카롭다 못해 무서울 정도였다. 나는 쫓기다시피 밖으로 나온 뒤 한수 어머니를 붙들고 사정했다.

"딱 한 가지만 알고 싶어서요."

"뭐가 그렇게 궁금한데요?"

"한수가 아이들이 산에 도롱뇽 잡으러 간다는 이야기를 어디서 들었는지 그걸…."

"삼거리 슈퍼마켓 앞에서는 아무것도 못 들었어요."

한수 어머니는 의외로 쉽게 대답해 주었다.

"그럼 아이들이 산에 갔다는 것은 어디서 나온 말입니까?"

"애들이 그날 아침에 우리 집 마당에서 놀 때 우리 큰애(한수)가 들었다고 합디다."

그 말을 들었을 때 나는 뒷걸음질치며 이미 대문 밖에 나와 있었다. 그리고 내가 한수 어머니로부터 들었던 그 내용을 뇌

세포에 그대로 복사해 두었다. 대문에서 기다리고 있던 B씨는 한수 어머니를 이해하라며 나를 위로했다.

"이해하세요. 이제는 찾아와 묻는 것에 대해서도 부모들이 모두 지쳤습니다."

"그렇겠죠."

"특히 그 일로 아이들 마음의 상처가 덧나는 것을 싫어합니다."

우리는 다시 성수네 집 앞까지 걸어 나왔다. 그때가 오후 6시경이었다. 태수네 집에 들러볼까 했을 때 B씨는 태수 부모가 모두 일을 나가고 없을 거라고 했다. 또 인수네는 사건이 나고 얼마 후에 공장에 불이 나 이사 가고 없다는 말도 했다. 이제 헤어질 시간이 된 것 같았다.

"한수가 뭐라던가요?"

"삼거리 슈퍼마켓 앞에서 아이들과 대화한 적이 없답니다."

"……."

"한수가 거기서 실제로 아이들을 보았다면 왜 대화가 없었는지 이상하네요."

"모르겠습니다. 이제는 우리 부모들도 다 잊고 새 출발하고 있으니까요. 지난 일을 자꾸 들춰 봐야 마음만 아프고요."

대문 앞에서 B씨와 나는 엇갈린 시선을 유지한 채 몇 초간 말이 없었다. 땅거미가 서서히 물체의 형상을 감추기 시작하는 그곳에서 두 사람의 모습은 잠시 비석이 되어 있었다.

"왠지 그 아이들은 산에 가지 않았다는 생각이 드는데요."

운명적인 이야기지만 아이들이 산에 올라가지 않았을 가능성이 있다는 나의 주장을 최초로 들었던 사람은 바로 B씨였다. 그렇게 강력히 납치를 주장하던 B씨는 아무런 대답이 없었다. 나는 B씨에게 앞으로 협조사항이 있으면 도움을 부탁드린다며 나의 전화번호를 적어 주고 마을을 떠났다.

그날 돌아오는 길에 흥분과 실망이 묘하게 엇갈리고 있었다. 이 사건의 윤곽이 전혀 다른 방향에서 서서히 떠오르고 있었기 때문이다. 이 사건이 그날 치러진 선거와 관련 있을 거라는 나의 1차 가설은 한수의 진술을 검증 없이 그대로 믿었던 데서부터 잘못된 것이라는 생각이 들었다. 그리고 아이들이 산에 올라간 것은 그날 아침 9시경이 아니라 12시경이라고 믿게끔 나를 유도했던 장호와 영호의 진술은 사건이 나고 무려 두 달 반이 지나고 나온 목격담이었다는 것을 알게 되었다.

나는 모 월간지 L 기자와 D 수사관에게 전해진 1차 가설의 문제점을 인정하지 않을 수 없었다. 그것은 정확한 근거 없이 성급하게 짜맞춰진 시나리오였다.

제6장

2차 가설의 부상

다음날 아침 운동을 마치고 나는 플라타너스 낙엽으로 가득 찬 운동장 모서리에 실험실을 그리고 있었다. 내가 실측된 도면을 따라가면서 상황을 그대로 재현하고 있을 때 친구는 초시계를 들고 시간을 기록하고 있었다.

"도면은 맞는 거야?"

"줄자로 잰 게 아니니까 몇 십 센티미터 정도는 차이가 날 수도 있겠지."

"좋아. 해봐."

"내가 두 발 정도 이렇게 앞서 가던 B씨에게 화장실이 어디냐고 물었어. 자… 그리고 여기 남자 화장실까지 이 정도 속도로 가는 거야. 몇 초야?"

"3에서 4초."

"수첩에 적어. 그 다음 동작에서 문을 열고 들어섰고, 첫 소변이 바닥에 떨어지기 시작한 시간이…."

나는 대략 20시간 전의 기억을 더듬어가며 시간의 흐름을 측정하고 있었다.

"대략 이 정도니까."

"그게 다시 약 6에서 7초."

"그리고 약 3초 내지 4초 경과 후에 B씨가 자기도 대변 좀 봐야겠다며 여자 화장실로 들어섰단 말이야. 나는 다른 사람에 비해 방광이 작아서 소변을 자주 보기 때문에 소요 시간이 비교적 짧은 편이거든. 그래서 그때 소변을 보는 데만 소요된 시간은 약 35초에서 40초 정도 될 거야. 그것이 어제 고속도로 화장실에서부터 재본 평균치니까."

"그렇다면 화장실이 어디냐고 묻고 난 뒤에 소변을 보고 나올 때까지 걸린 총 소요 시간은 47초에서 55초 정도 되는데."

"얼마?"

"47초에서 55초."

"그리고 내가 화장실을 빠져나와 대문 앞에 세워 둔 차의 문을 여는 데까지 걸린 시간이 약 6초에서 8초 정도."

"그 과정에서 다른 행동은 없었어?"

"무슨?"

"중간에서 주춤거렸다든가."

"전혀!"

"대문에서 차가 있었던 곳까지는 얼마나 돼?"

"10미터 정도."

"그렇다면 총 소요 시간은 길어 봐야 약 60초 정도 되겠는데."

"내가 차의 문을 여는 순간 B씨는 이미 내 등 뒤에 와 있었어. 그렇다면 내가 남자 화장실에서 나와 여자 화장실 앞을 지날 무렵 거의 동시에 그 사람도 여자 화장실에서 나왔다는 이야기야. 그렇지?"

나는 실측된 도면 위를 걷고 있었다.

"자, 보라고. 여기서 이렇게 나와서 이 앞을 지날 때 바로 뒤따라 나와야만 내가 차 문을 열 때 내 등 뒤에 와 있을 수 있단 말이야."

"그렇지."

"그렇다면 B씨가 실제로 대변을 보는 데 소요한 시간을 계산해 보자고. 반대로 60초에서 빼기 시작해."

"좋아. 해봐."

"먼저 13초를 빼. 왜냐하면 첫 소변이 떨어질 무렵에 그 사람이 여자 화장실로 들어섰으니까."

"그러면 47초가 남고."

"거기에서 다시 6초를 빼면 얼마야? 왜냐하면 여기 여자 화장실에서 차까지 그 정도니까."

"그러면 남는 게 약 40초 정도."

"40초! 성인이 대변을 보는 데 걸리는 시간의 평균치는 얼마나 될까?"

"그 정도는 아닌데."

"아무래도 그렇지?"

"음…."

"게다가 더 중요한 것이 있어. 그 화장실은 여자 화장실과 남자 화장실이 칸막이 하나로 막아져 있고 윗부분이 한 뼘 정도 터져 있으니까 무슨 소리가 들려야 하는데 그런 기억이 없어."

"기억을 못하는 거 아니야?"

"아니지. 나는 그 사람의 모든 것에 신경을 집중하고 있었으니까."

"이해가 인 가는 일이네."

"만약에 B씨가 그 순간에 대변을 보지 않고 있다가 따라 나왔던 거라면 그것을 어떻게 해석해야 할까?"

"음…."

"내가 화장실에 들어가 있는 것이 불안했을까?"

"그야 모르는 일이지만 시간적으로 계산해 보면 뭔가 좀 걸리기는 걸려."

과학적인 행동분석은 감정과 상식을 수용할 수 없었다. 그때까지 모아진 의문점의 가닥을 정리해 가면서 나는 새로운 가설을 정립하기에 주저하지 않았다. 아이들은 그날 아침에 ○○산에 가려고 했는지는 모르지만 산에 가기 전에 성수네 집 안에서 어떤 사고를 당했을 새로운 가설을 세웠다. 그때까지 알게 된 내용을 그 가설에 연결시키고 있었다.

11시부터 성수 어머니가 성수를 찾아 나섰던 점, B씨가 잘 아는 사람 집으로 400만 원을 요구하는 전화가 걸려왔다고 주장되었던 점, 성수로부터 걸려왔다는 전화상의 목소리, 그 할머니의 표정과 손놀림, 초동수사의 공백기, 그리고 화장실에서 있었던 일들이 전혀 새로운 이야기를 만들어 가고 있었다.

새로운 가설을 정립하는 데 우선되어야 하는 점이 있었다. ○○산에 도롱뇽을 잡으러 가는 아이들을 보았거나 들었다는 중요한 목격담들이 허위라는 것을 입증하는 것이었다. 그중에서도 가장 구체적이고 믿을 만한 진술이었던 S 아주머니의 목격담이 허위라는 것을 입증하는 것이 중요하다고 생각되었다. 그 과정에서 할 수 있는 한 모든 것을 실험화하여 데이터를 산출해야 한다는 기본적인 원칙을 세웠다.

그런 목적으로 나는 일요일에 집에서 쉬고 있는 또 다른 친구를 불러냈다. 영문도 모르는 친구를 데리고 실험장에 도착한 것은 그해 늦가을 점심 무렵이었다. 실험장은 그 사건의 주변 환경과 비슷한 어느 시골 길이었다. 우리는 맑은 물이 흐르는 개울가에 차를 대고 다리를 건너오는 사람을 기다리고 있었다.

"뭘 하는데?"

"사람이 길을 지나면서 귀로 들은 소리를 얼마나 기억하는지 그걸 알아보려고. 갈수록 의문점들이 나타나고 있어."

"그 사건은 미제로 남은 거 아니야? 경찰도 손을 뗐을걸."

"아니. 지금도 수사본부는 그대로 있어."

"그래? 세월이 흘렀는데 되겠어?"

나는 친구에게 그 긴 이야기를 처음부터 하나하나 짚어가면서 들려주었다. 사실 내가 그 친구를 데리고 그곳에 나온 것은 꼭 실험을 하려는 목적 때문만은 아니었다. 솔직히 말하자면 1차 가설이 잘못되었음을 인정하고 나서부터 왠지 불안함을 느끼고 있었다. 내가 또 다른 오류를 범하고 있을지도 모른다는 생각이 늘 나를 따라다니고 있었다. 누군가로부터 새로운 가설에 대한 예리한 검증을 받고 싶었다. 그래서 꽤나 날카로운 분석력을 가진 친구를 불러냈던 것이다.

아주머니 한 분이 다리를 건너오고 있었다. 우리가 해야 했던 실험은 이러했다. 맞은편에서 걸어오는 사람 옆을 지나면서 S 아주머니가 들었다는 그 내용을 큰소리로 옆 사람에게 이야기하면서 지나치는 것이었다. 그리고 곧바로 따라가서 방금 지나면서 내가 했던 말을 기억해 보라고 주문하여 그들이 얼마나 그 내용을 기억할 수 있는지 알아보는 것이었다.

"해보지, 뭐. 나는 그저 옆에서 따라가기만 하면 되지?"

그 실험은 말처럼 쉽지 않았다. 요즈음은 시골에서도 대부분 차를 타고 이동하기 때문에 지나가는 행인을 만나기란 인내심이 요구되는 일이었다. 게다가 S 아주머니와 나이가 비슷한 사람을 만나기란 쉬운 일이 아니었다. 사람을 기다리고 있는 동안 다시 이야기는 계속되었고 중요한 부분에서 마치 감사를 받는 사람처럼 나는 친구의 표정을 살펴야 했다. 그는 처음 태도와는 달리 뭔가 해볼 만하다는 식으로 나를 고무하고 있었다.

"그러고 보니까 11시부터 아이를 적극적으로 찾아 나선 것도 좀… 애들이 놀러 나가서 점심때 집에 들어오지 않는 경우는 흔히 있을 수 있는 일이잖아?"

"그렇지."

"11시부터 아이를 찾아야 했던 이유가 따로 있었던 건 아닐까?"

"어떤?"

"개인적으로 숨기고 싶은…."

"숨기고 싶은?"

"응. 전에 내가 살던 동네에서 있었던 일이야. 처음에는 몰랐는데 그 집 애가 정신적으로 약간 문제가 있었던가 봐. 그 아이 어머니는 아무도 모르게 가끔씩 다른 도시로 그 아이를 데리고 다녔거든. 시동생이 정신과 의사였다고 하더라고."

"주위에 알리기 싫은?"

"그렇지. 아무튼 그때 아이를 찾게 된 이유가 따로 있을 수 있다고 생각해 볼 수는 없을까?"

"충분히 그럴 수 있지. 하지만 문제는 11시에 아이를 찾다가 못 찾았으면 오후에 계속해서 아이를 찾는 어떤 행동이 있었어야 하는 거 아닌가?"

"그렇지. 없었대?"

"얼마 전 D 수사관의 이야기에 의하면 그날 낮에 동네에서 아이들을 찾는 일은 전혀 없었다는 거야. 조용했다는 거지. 그 점에 대해서는 어떻게 생각하나?"

"불길한 마음에서 찾아 나서게 됐다면 더욱더 난리가 났을 텐데."

"그렇지. 그런데 11시경에 잠깐 찾다가 말았다는 거야."

"아무튼 뭔가 이야기의 흐름이 자꾸만 걸려. 뭐랄까. 멀리서 보면 비슷한 것 같은데 가까이 가서 보면 아닌 것 같은…."

"그래서 자넬 부른 거 아닌가."

"그 화장실 이야기 그거 시간적으로 정확해?"

"내가 거기에다 단 1초라도 의도적으로 갖다 붙였다고 생각하나?"

"하지만 한 가지 이해가 안 되는 게 있어."

"뭐가?"

"그 화장실에서 왜 그렇게 의심받을 행동을 보였을까?"

"적당히 시간을 보내고 나오면 될 텐데 왜 그렇게 급하게 뒤따라 나왔느냐 이거지?"

"그거 생각해 봤어?"

"그거 설명할 수 있어. 물론 추리지만…."

"어떻게?"

"내가 남자 화장실에서 나와 여자 화장실 앞을 지나면서 슬쩍 보니까 여자 화장실 문이 손가락 두 마디 정도 열려 있더라고."

"그걸 기억해?"

"분명히! 왜냐하면 나는 그 당시 모든 상황을 세밀하게 관찰하고 기억하는 중이었으니까."

"안에서 자네가 지나가는 것을 봤을 거라는 말인가?"

"그렇지. 그런데 그 사람은 그날 내가 가방을 가지고 있었다는 사실을 순간적으로 잊었던 거야. 좁은 틈으로 쓱 지나가는 내 모습을 보는 순간 내가 손에 뭔가 들고 나간다고 오판했을 거라고 생각해."

"그래서 뒤따라 나오면서 그게 뭔지를 확인하려고 했다?"

"내 추리로는…."

"음… 글쎄."

친구의 고개가 미세하게 갸웃거리고 있을 때 나는 무표정하게 한동안 가을 하늘을 응시하고 있었다.

"여기서 손을 떼야 하나?"

"누가 손을 떼래?"

"그냥 스스로 묻는 거야. 손을 뗀다면 지금이 바로 그때거든. 더 깊이 들어가면 못 빠져나올 거라는 생각이 들어. 지난번처럼 또 실수할까 봐 두렵기도 하고."

"뭐 잘못된 게 있었나?"

"좀."

친구는 내 얼굴을 빤히 바라보다가 혼잣말을 했다.

"생각해 보니까 애들 다섯을 산에서 잡아 간다는 게 왠지…."

"걸리지?"

나는 새로 등장한 지원군을 강화시키고 있었다.

"목격자 진술이라는 게 때로는 황당해. 자네 생각나나?"

"뭐?"

"이번 여름에 서해에서 페리호가 침몰했잖아. 엄청나게 많은 사람들이 죽었지."

"아, 그 사건."

"그때 목격자들의 진술만 믿고 익사한 선장을 전국에 지명수배 했었잖아."

"맞아! 그랬어."

"동네 사람들과 생존자들이 이구동성으로 헤엄쳐 나와 도망치는 선장을 틀림없이 봤다는 거야. 게다가 배를 수십 년씩 탄 선장이 어떻게 물에 빠져 죽겠느냐 그렇게 생각했던 거지, 모든 사람들이."

"그게 상식적인 생각이니까."

"그렇지. 만약 사체가 끝까지 인양되지 않았다면 그 선장은 지금도 지명수배를 받고 있을 거야."

"그러겠지."

"그리고 그 선장을 보았다는 사람들이 여기저기서 나타나겠지. LA 골프장에서 봤다느니 마카오 어느 카지노에서 봤다느니 이런 식으로 말이야."

"음…."

"충분히 있을 수 있는 일이야. 내 생각에는 이 사건도 그와 비슷한 거 아닌가 싶어. 아이들이 다섯 명이나 되니까 갈 곳은 산밖에 더 있겠느냐는 상식적인 생각에다, 허위 또는 조작된 진술들, 거기에다 막강한 위력을 가진 매스컴까지 합세해서 아이들을 간단하게 산으로 올려 보낸 게 아닌가 싶어. 선장의 사체는 나왔으니까 지명수배가 풀렸지만 아이들의 사체는 아직도 나오지 않고 있으니까 지금도 아이들은 산에 갔던 거고."

"듣고 보니까 말이 될 것도 같네."

"어떤 면에서?"

"우선 전체적인 구조가 말이 되는 것 같아."

"그런데 나는 그게 불안해."

"뭐가?"

"말이 되는 게."

"말이 되는데 왜 불안해?"

"……."

긴 이야기의 중간 중간에서 사람을 만날 때마다 우리는 현장실험을 하고 있었다. 온종일 아홉 사람을 만나보았지만 단 한 사람도 기억하는 사람이 없었다. 생각나는 부분적인 단어만이라도 기억해 보라고 요구했지만 불가능했다. 그들 중에 네 명은 누가 이야기를 했고 누가 듣고 있었는지도 기억에 남지 않는다고 대답했고, 그중 두 사람은 놀랍게도 대화 그 자체가 있었는지조차도 기억에 남지 않는다고 했다. 그리고 나머지는 무슨 말을 들은 것 같지만 그 내용은 전혀 기억할 수 없다는 것이었다. 그들 대부분은 어이없다는 듯이 '지나가는 사람이 무슨 말을 했는지 그걸 어떻게 기억해요' 라며 피식 웃었다.

그들의 진술은 사건 후 불과 2분 이내에 이루어졌던 반면에 S 아주머니의 진술은 무려 7일 뒤에 있었던 일이다. 일주일이 지난 뒤에 우리가 어떤 범죄사건의 용의자로 지목되어 전국적인 관심이 집중되기 시작했다고 가정하자. 그날 우리 곁을 지나갔던 아홉 사람 중에서 누군가 내가 했던 말을 기억한다며 자세하게 진술하는 사람이 나타났다고 하자. 그리고 그 진술된 내용의 신뢰도를 상상해 보자. 이 얼마나 황당한 이야기인가. 이것을 근거로 나는 S 아주머니의 진술은 신빙성에 문제가 있다는 결론을 내리고 있었다.

오후 4시가 넘어 실험을 마치고 우리는 근처 시골식당에서 소주 한 병을 사이에 두고 자리를 잡고 있었다.

"생각 밖인데."

"집중력이 없는 상태에서는 그래. 하지만 인간의 기억력은 아직 밝혀지지 않은 비밀이 숨겨져 있어. 단 한 번 보거나 들었는데도 영구히 저장되는 경우도 있거든. 그래서 사건에 대한 목격자 진술은 전문가가 과학적으로 분석하여 선별하지 않으면 엄청난 오류를 범하기 쉬워. 목격자 진술은 사건 해결에 결정적으로 도움이 될 수도 있지만 반대로 사건 자체를 엉뚱한 방향으로 유도할 수도 있으니까."

"그렇다면 어떻게 해서 여기저기서 비슷한 목격담들이 며칠이 지나고부터 심지어는 몇 달이 지난 뒤에도 나오게 됐을까?"

"루머 스프레딩(Rumor Spreading) 과정이라는 게 있어. 인지현상의 구조로부터 내가 정립한 이론인데…."

"소문확산이라는 말인가?"

"응. 확인되지는 않았지만 사실에 가장 근접한 것으로 믿어지는 유력한 가설을 앵커(Anchor)라고 하거든. 일단 앵커가 형성되고 나면 그 앵커를 중심으로 보조단위들이 발생하는데 그것을 소문이라고 하지. 소문은 시간이 지나면서 확산되는데 그 과정은 지극히 체계적이고 과학적이야."

"뭔지는 잘 모르겠지만 대장이 나타나면 졸병들이 모여드는, 뭐 그런 식인가?"

"그런 식으로 이해하면 돼. 그 과정에서 몇 가지 특징을 보이는데, 우선 앵커를 지지하거나 보완하는 내용이 이어지는 거야. 말하자면 앵커의 기본 틀을 벗어나지 않는다는 말이지."

"졸병이 대장을 따르는 것처럼?"

"그렇지. 두 번째는 그 앵커의 틀을 유지하면서도 자기 진술의 고유성을 부과하는 특징이 나타나. 예를 들자면 '아이들이 9시경에 개구리를 잡으러 ○○산에 갔다가 없어졌다' 라는 진술은 가장 믿을 만한 한수로부터 나온 앵커라고 볼 수 있어. 소문 생산자들은 여기에 자기 자신만이 주장할 수 있다고 믿는 특징을 가미한다는 말이야. S 아주머니는 ○○산으로 올라가는 길을 매일 그 시간쯤에 내려간다는 고유 특징을 무의식적으로 활용했다고 볼 수 있지."

"말하자면 졸병이라고 마냥 대장만 따르는 게 아니고 그 나름대로 자기를 나타내려고 한단 말인가?"

"그런 셈이지. 세 번째는 자기 진술의 신빙성을 높이기 위한 노력이 발견되고는 해. 아주 세밀한 것을 첨가하는 경향이 뚜렷해. S 아주머니의 진술은 그것도 포함하고 있었어. 예를 들자면 '도롱뇽' '2시간' '깡통' '막대기' 같은 세부단어들이 등장했던 것은 신빙성을 높이기 위한 현상으로 볼 수 있거든."

"의식적인 노력이 없이도 가능하겠군."

"그렇지. 적어도 계산된 반응은 아니라고 볼 수 있지. 그때 나타나는 세부단어들은 아무렇게나 등장하는 게 아니라 앵커로부터 인지적 거리가 가까운 순서로 등장하게끔 돼 있어."

"그건 또 무슨 말이야?"

"그 아주머니의 경우 앵커로부터 인지거리가 가장 가까운 단어는 막대기였어. 왜냐하면 막대기가 있어야 도롱뇽 알을 잡을 수 있거든. 그 아주머니는 어렸을 때의 그런 기억을 무의식 기억창고에 묻어놨던 거지."

"음…."

"그 다음으로 가까운 세부단어는 깡통이겠지. 깡통이 있어야 잡은 도롱뇽 알을 담을 수 있으니까. 이것은 절차기억에서 오는 거야."

"순서가 있네."

"그럼. 그리고 ○○산에 올라갔다 내려오는 데 약 2시간쯤 걸릴 테고, 계절상 그 무렵에 산에 갔다면 도롱뇽을 잡으러 갔다는 것을 의미하니까 도롱뇽이라는 세부단어가 나오게 된 거고. 이런 것들은 모두 장기기억에서 오는 거야."

"그렇게 구분이 돼나? 내가 보기에는 똑같은 단어인데."

"구분되지. 이런 것들이 조합을 이루며 하나의 진술을 만드는 과정을 인지과학에서는 스키마(Schema) 현상이라고 하거든. 지금 첨단 인지과학의 기술은 세부단어들 사이의 거리를 심리중력을 이용해서 측정할 수 있는 단계에까지 와 있으니까."

"자네 전공이 그런 분야였나?"

"응."

친구는 소주잔을 비우면서 양미간을 약간 일그러뜨렸다.

"아무튼 아까 우리가 만났던 사람들 중에서 누군가 목격담을 마이크에 대고 이야기한다면, 아마 자네는 빨간 모자를 쓰고 있고 나는 손에 007가방을 들고 있었겠지?"

"하하하, 재미있는 이야기네."

"얼마든지 있을 수 있는 일이야."

"세부단어 첨가란, 이를테면 이제 막 첫 휴가를 나온 졸병이 여기저기 뭔가를 구체적으로 달고 다니며 멋있는 진짜 군인으로 믿어 달라는… 뭐 그런 의미로 해석하면 되나?"

"그 대장 졸병 모델! 아주 그럴싸해."

"그렇다면 그 아이들과 학교 친구였다는, 12시경에 산 입구에서 만났다는…."

"장호와 영호."

"그 아이들이 주머니에 불룩불룩 뭔가를 담고 있었다고 진술했던 것도 거기에 해당된다고 볼 수 있나? 세밀한 것을 첨가해서 신빙성을 높이려는…."

"그렇게 봐야지. 네 번째 특징은 소문들이 동시에 발생되지 않고 시간을 두고 발달한다는 거야. 마치 아이가 태어나서 성장하는 것처럼 당일에서부터 길게는 몇 개월 후에도 소문은 계속 이어질 수 있어."

"그건 또 왜 그래?"

"소문을 생산하는 개인마다 입수된 정보에 대한 반응기준이 다르기 때문이지. FD 인지구조를 가진 사람은 빨리 반응하는 반면에, FI 형은 그 기본가설의 신빙성이 어느 정도 높아졌다고 생각될 때까지 표현을 자제하기 때문에 그런 시간적 차이가 발생하는 거야. 물론 다른 요인도 있지만 말이야."

"그런 식으로 소문이 이어지는 기간은 대략 얼마나 된다고 생각하나?"

"사건에 따라 다르겠지만 대략 2~3개월 정도."

"그 뒤로는?"

"그 뒤로는 사건에 대한 소문이 갑자기 사라지는 경향이 있어. 그래서 어떤 사건이 발생하고 대략 2~3개월 후에 등장하는 이야기에 주목할 필요가 있다는 거야."

"왜?"

"그것은 소문이 아닐 수도 있음을 의미하니까."

"질적으로 다르다는 말이네?"

"그렇지. 예를 들어서 사건이 나고 3년 뒤에 어떤 사람이 그 사건에 대해서 이야기한다면 그것은 순수하게 기억에 의존된 진술이라고 봐야 하거든."

"그런 소문확산 현상들이 실제로 우리 머리에서 계산되는 거야?"

"계산은 되지만 무의식 상태에서 진행되니까 모르고 넘어가는 경우가 거의 대부분이지."

"그게 프로이드가 말한 무의식의 세계란 말인가?"

"말은 비슷한데 실제로는 많이 다르지. 프로이드는 개인적으로 불행했던 사람이었지만 학문적으로는 행운아였어. 그가 100년 전에 무의식 세계를 예견했을 때는 대강 막고 품는 식이었어. 하지만 현대 인지과학이나 실험심리학에서는 물리적 개념으로 무의식의 실체가 입증되고 있어. 말하자면 우리가 불쑥 던진 말 한마디도 인지공학적 과정을 거친다는 거야. 마치 여러 과정을 거쳐서 최종적으로 하나의 물건이 만들어져 나오는 것처럼 말이야. 말도 하나의 물건으로 보는 거지. 그래서 공학이란 개념이 가능한 거고."

"뭐 그렇다고 치고…."

전문적인 이야기가 계속 이어지자 친구는 약간 서두르고 있었다.

"마지막으로 소문의 다양성은 그 사건에 대한 주변의 관심도와 정적 상관관계를 유지하는 경향이 뚜렷해."

"보상이 클수록 소문은 다양하다는 말이네."

"그렇지. 부모들이 목격담을 이야기할 때마다 아이들에게 몇 천 원씩 돈을 줬던 사실은 실험심리학적으로 볼 때 행동에 대한 보상요인으로 작용했을 거라고 생각해. 게다가 전국적인 관심은 더 큰 보상요인으로 작용하기에 충분했겠지. 내가 연구한 바에 의하면 이러한 소문확산의 모든 특징이 그 사건에서 표본적으로 잘 나타나고 있는 거 같아."

"이걸 알아 봐."

"뭘?"

"아이들이 찾아와 목격담을 이야기할 때마다 돈을 줬다면 소문을 만들어내기 위한 의도성이 보이는 거 같아."

"누군가에 의해서 계획됐을 거란 말이지?"

"아이들에게 몇 천 원씩 돈을 주면서 소문을 만들어 내기란 아주 쉬운 일 아니겠나?"

친구의 말끝에서 내가 박사학위 종합시험을 앞두고 공부할 때 인간의 성취욕이야말로 가장 끈질긴 힘이라고 생각했던 것이 떠오르고 있었다. 그때 나는 공부해야 할 자료와 간단한 침구를 연구실에 마련해 놓고 필사적이었다. 거기에 나의 모든 것이 걸려 있기 때문에 그럴 수밖에 없었다. 무조건 해야 했다. 그래도 하루에 몇 시간씩 잠은 잤던 것으로 기억한다. 그리고 빨리 그 지옥에서 빠져나오고 싶어 했던 기억을 가지고 있다.

그러나 내가 새로운 가설을 정립하고 가상범행을 추적해 가던 그 무렵, 나의 내면에 또 다른 힘의 원천지가 존재함을 확인할 수 있었다. 성취의 굴레에 매달려 달릴 때는 목표지점이 눈앞에 보이거나 성취요인이 제거되면 즉각 행동의 빈도가 감소하지만 궁금증은 심리적 마약과 같은 것이어서 나를 자유롭게 놓아 주지 않았다. 풀리지 않는 문제에 부딪히면 오히려 생각은 맑아지고 잠도 오지 않았다. 피곤에 지쳐 눈을 붙이려고 누우면 신체의 모든 세포가 쉬는 사이에도 뇌세포는 최소한의 에너지만 사용하면서 기민하게 뭔가를 계산해냈다.

한정된 목표를 향하여 달리는 인간의 성취욕보다 끝없는 미스터리에 도전하는 궁금증이 더 큰 추진력을 가진다는 배움은 이 사건과 관계없이 얻어진 결론이었다.

제7장
H 자의 의미는?

새로운 가설을 정립하는 동안 나는 뭔가 충분하지 못하다는 생각에 묶여 있었다. 설득력은 있어 보이지만 증거, 또는 적어도 수사당국이 재수사를 할 수밖에 없는 근거는 확보하지 못했다는 사실이었다. 그러던 어느 날 나는 친구와 같이 다시 한 번 고속도로를 달리고 있었다. 친구의 투덜거리는 불만은 달리는 차 안에서도 계속되고 있었다.

"나야 그저 따라는 가지만… 이번 가설에도 문제가 있다고 생각해."

"어느 부분이?"

"우선 상식적으로 수용이 안 돼."

"뭐가?"

"사건이 나고 성수가 집 안에 당분간 생존해 있었다는 게 말이나 돼? 동네가 발칵 뒤집어졌을 텐데."

"인정해. 하지만 상식으로 해결이 날 사건이었다면 지금까지 흘러오지 않았겠지."

"그래도 그렇지."

"물론 가능성이 적다는 거 알아. 하지만 좀 더 구체적인 것을 손에 잡기 위해서 할 수 있는 모든 것을 다 해보는 거야. 책상머리에 앉아 백날 끙끙대 봤자 그게 그거고."

"설령 자네 생각처럼 그 할머니가 어떤 진술을 다시 한다고 한들, 그럴 리도 없을 것 같지만, 그게 무슨 의미가 있겠나? 누가 그것을 심각하게 생각하겠어? 지금에 와서."

"바로 그 점이야, 내가 기대하는 것이."

"뭘?"

"그 할머니는 그걸 알 거라고."

"뭘 말이야?"

"자기가 어떤 진술을 해도 아무도 그 의미를 파악하지 못한다는 것을."

"그래서?"

"어쩌면 그 할머니는 정말로 중요한 진술을 아무에게나 하고 있는지도 몰라. 모든 사람들이 전혀 아닐 거라고 생각하는 쪽으로 접근해 보자는 거야. 그것이 가만히 앉아서 생각만 하고 있는 것보다 훨씬 현실성 있다고 생각해."

"아닌 것 같은데."

친구는 주저 없이 고개를 젓고 있었다.

"물건을 주머니에 담아두면 언젠가는 사라지게 마련이지. 하지만 충격적인 기억을 머리에 담아두면 세월이 흐르면서 사라지는 것이 아니라 자꾸만 커지는 경향이 있어. 정신물리법칙에 의해서 그 에너지가 어느 정도 커지고 나면 이제 밖으로 분출하려고 하겠지. 그래서 '임금님 귀는 당나귀 귀'라는 이야기가 나온 거야. 은행을 턴 강도는 세월이 지나고 나면 자신의 범행을 주변에 말하고 싶은 욕구가 생긴다는 거야. 그런 인간의 심리현상에 기대를 걸어보자는 거지."

"아무튼 오늘도 헛고생하는 거 같아."

우리가 현지에 도착해서 B씨의 집에 들어선 것은 오전 10시 반경이었다. 주변은 조용했다. 방 안에서도 아무런 소리가 없었다. 뒤쪽으로 돌아가 골방 근처를 서성였지만 인기척을 느낄 수 없었다. 수 분 후에 안채 방문을 두드렸다. 성수 어머니가 나왔다. 나는 먼저 B씨를 찾았다. B씨는 차를 고치러 가서 오후에나 돌아올 거라고 했다. 이어서 할머니는 계시느냐고 묻자 놀러 나가신 모양이라고 했다. 할머니를 찾아야 한다는 생각으로 대문을 빠져나와 구멍가게에 들어섰다.

"수고하십니다."

나는 그저 생각 없이 아무거나 집어 들면서 가격을 묻고 곧이어 성수 할머니 이야기를 꺼냈다.

"성수 할머니는 주로 어디로 놀러 다니십니까?"

"그 할머니요? 집에 가봐야지."

"집에 안 계신다고 해서요."

"그 할머니는 왜요?"

"뭐 좀 알아볼 것이…."

"뭘 알아본다고요?"

구멍가게에서 나온 나는 어슬렁어슬렁 골목을 살피고 다니다가 뒷동산 근처에 이르렀다. 그러기를 30여 분 후에 동네로 내려와 다시 성수네 집에 찾아들어 방문 앞에서 할머니가 돌아오셨는지 살폈지만 계시지 않았다. 나는 다시 나와 골목을 따라 돌아다니고 있었다. 그러나 할머니의 행적을 찾기는 어려웠다. 하는 수 없이 점심을 먹고 오후에 다시 찾기로 했다.

오후 1시가 넘어 나는 다시 성수네 집에 찾아갔다. 방문 앞에서 인기척을 했지만 아무런 응답이 없었다. 성수 어머니도 집에 없는 것 같았다. 내가 대문을 빠져나오고 있을 때 운 좋게 바로 몇 걸음 앞에서 성수 할머니가 다가오고 있었다. 할머니의 기억력은 양호했다. 한 번 본 나를 단번에 알아보고 즉각 반응을 보이고 있었다.

그 할머니는 내가 왜 왔는지 알고 있었다. 묻지도 않았는데 손을 이용해서 뭐라고 표현하고 있었다. 입의 움직임과 정확하지 못한 발음으로 볼 때 할머니는 '몰라' 를 반복하고 있었다. 그러면서 다섯 손가락을 펴 보이며 하늘을 향해 흔들고 있었다. 그리고 곧바로 땅바닥에 영어 H 자와 거의 똑같은 글자를 손가락으로 썼다.

나는 그것이 뭐냐는 질문을 손가락으로 표현했다. 할머니는 위에서 아래로 선을 긋고, 그 중간에 다시 작은 선을 옆으로 긋고, 그 끝에다 위에서 아래로 선을 긋고 있었다. 그것은 분명히 영어 H 자와 같은 모양이었다. 그리고 그 H 자 위에다 이번에는 정확히 반대 순서로 덮어 쓰고 있었다. 그리곤 할머니는 서둘러 집으로 들어가 버렸다. 그날 할머니의 기분은 쾌청한 날씨만큼이나 좋아 보였다. 역시 예상했던 대로 전에 나에게 보여줬던 행동은 다시 재현되지 않았다.

돌아오는 차 안에서 친구는 내가 쓸데없는 짓을 하는 거라며 노골적인 불만을 터뜨렸다.

"문제는 어떤 근거가 있다고 해도 세월이 너무 흘렀다는 거야.”

친구는 문책하는 어투로 나를 쪼아대고 있었다.

“생각해 봐. 설령 그 할머니가 어떤 중요한 진술을 했다고 한들 그것을 누가 믿어 주겠나?”

“…….”

“아니, 쳐다보지도 않을 걸.”

“…….”

“세상 일이 다 그렇더라고. 뻔히 보이는데도 세월 지나면 그만이야.”

“아이들이 없어진 사건인데도?”

나는 다소 맥이 빠진 어조로 한 마디 대응하고 있었다. 그것은 어쩌면 나 자신에 대한 불만일 수도 있었다.

“하지만 증거가 없잖아, 증거!”

“빌어먹을! 그럼 증거가 없으면 의심도 하지 말라는 말이야? 가만히 앉아서 증거가 떨어지기를 기다리란 말인가? 그래?”

“모든 게 자네 추측이고 생각일 뿐이야. 알아?”

우리는 높아진 목소리를 가라앉히느라 잠시 시간을 보냈다.

“나올 것도 같은데… 주위에서 조금만 도와주면.”

“도와줘? 자네를? 누가?”

“왜 안 돼? 아이들이 집단으로 없어진 사건의 실체를 밝히겠다는데."

"그게 그렇게 간단하지 않아."

"이건 내 일일 수도 있어. 어쩌면 자네 앞에 그런 일이 닥칠 수도 있고."

"좋아. 다 좋아. 설득력도 있고 호소력도 있어. 하지만…."

"하지만 뭐? 무슨 이야기를 하고 싶은 거야?"

"……."

"문제는 어떻게 그런 일이 벌어지게 됐는지 알아야 한다는 거야. 안 그래?"

나는 쉽게 흥분을 가라앉히지 못했다. 낮에 할머니를 찾으러 골목을 기웃거리고 다니면서 주변에서 느꼈던 일들이 그렇게 만들고 있었다.

"이 밝은 문명사회에서 아이들이 집단으로 없어졌는데도 눈만 껌벅거리고 있으란 말이야? 그게 아이를 키우는 어른들이 해야 하는 일인가? 그래?"

"하지만 자네 생각은 현실에서 동떨어져 있어. 자네는 지금 실종된 아이의 부모한테 의심의 눈초리를 보내는 거잖아. 그걸 사람들이 어떻게 받아들일 거 같애?"

"그 빌어먹을 현실!"

무거운 침묵만이 한동안 88고속도로를 달리고 있었다. 시간이 좀 지나자 언제 그랬냐는 듯이 차분해진 목소리로 친구가 다시 입을 열었다. 우리는 지리산 휴게소를 지나고 있었다.

"재미있는 이야기 하나 해줄까?"

"……."

"전에 내가 살던 아파트 근처에 부도가 나서 공사를 마치지 못한 아파트가 있었어. 그곳에서 무슨 일이 벌어졌는지 아나? 부녀자들이 성폭행을 당했던 거야. 소문에 의하면 한두 명이 아니었대. 내가 그 아파트에 전세로 들어가기 전에 있었던 이야기야. 나는 그 사실을 한참 뒤에야 알게 됐어. 우리 집사람과 아이도 그 버려진 아파트 앞을 지나다녔거든. 어때? 자네가 그 입장이었다면."

"……."

"가슴이 철렁 내려앉으면서 화가 나더라고. 뭐랄까? 그런 일이 있었던 것을 이야기하지 않은 것이 법적으로 문제가 안 되는지는 모르지만 심하게 야속한 그런 거 말이야. 내가 그 아파트에 입주할 때 아무도 그런 이야기를 해주지 않았거든."

"아무도?"

"아무도!"

"……."

"그래서 당장 집을 옮겨야겠다고 생각했지. 하지만 계약기간이 있으니까 누군가 하나를 집어넣고 나는 빠져야 한단 말이야. 그래서 복덕방을 통해서 한 사람을 구했지."

"그 사람에게 이야기했어?"

"내가? 왜?"

"……."

"동네에서 흉악범죄나 도덕적으로 받아들이기 어려운 범죄가 발생하면 주민들은 쉬쉬하면서 그것을 감추는 경향이 있어."

"음…."

나는 어금니에 힘을 주면서 억눌려진 비명을 속으로 내지르고 있었다.

"만약 이 사건이 아이들이 산에 간 뒤에 납치나 실종된 게 아니고 그 동네에서 일어난 살해사건임이 판명됐다고 가정해 보자고. 그 일대가 받는 부정적인 영향은 간단한 게 아니야. 당장에는 집값이 떨어질 수도 있어. 아이들의 교육문제에는 영향이 없을 거라고 생각하나?"

"……."

"솔직히 말해서 내가 그 동네 사람이라면 납치나 실종이기를 바라고 있을 거야. 그리고 세월이 2년 9개월이나 흘러간 지금에 와서 타지 사람이 동네를 돌면서 이것저것 캐묻고 다닌다면 아마도 심한 거부감을 느낄 거야. 왜 이 조용하고 평화스런 마을에 와서 이상한 짓을 하고 다니느냐는 식으로 말이야.”

“음….”

“그것은 모든 사람들의 정상적인 반응이야. 그 사람들이 잘못된 게 아니야. 누구나 다 그래. 나도 그랬으니까.”

나는 갑자기 엄습해 오는 외로움을 느끼고 있었다. 더 솔직히 말하자면 거대한 벽 앞에 선 내 자신의 나약함에 대한 두려움을 확인하고 있었다.

“그래서 결국 나는 모든 사람이 바라지 않는 일을 하고 있다는 말인가?”

친구는 말이 없었다.

“그래?”

“그리고 또….”

“또 뭐?”

“사람들은 그런 이야기를 싫어 해. 특히 가족개념을 중요시하고 아직도 유교적 생활환경에서 살고 있는 우리사회에서는 더욱 그렇지.”

“그래서 이 일을 포기하라는 거야?”

“내 말은… 확실한 것을 가지고 뛰어들어도 사면은 완전히 막혔는데 그 할머니의 진술에서 뭔가를 잡아보겠다는 생각 그 자체가 답답하다는 거지.”

"……."

나는 속은 상하지만 친구의 비난을 한동안 침묵으로 수용하고 있었다.

"전혀 수확이 없으니까 답답하다는 거야?"

"……."

"하지만 닭 잡으러 갔다가 꿩 잡는 수도 있어. 위대한 업적을 남긴 학자들도 처음에 생각했던 가설을 그대로 확인해 내는 경우는 그리 많지 않아. 오히려 이것저것 해보다가 뭔가 큰 것을 우연히 손에 잡는 경우가 사실은 대부분이거든."

"그래서?"

"소득이 있었지."

"무슨 소득?"

운전을 하면서 잠깐 내 쪽으로 시선을 돌린 친구는 빈정대는 듯한 반응을 던졌다.

"뭔데?"

"왜 궁금해? 호기심이라는 게 바로 그런 거야. 비난하면서도 알고 싶은…."

"……."

"이 사건에서 가장 중요한 의문점의 실마리를 잡았다고 생각해."

"그게 뭐냐고?"

"내가 오늘 몇 번이나 그 집을 들락거렸는지 알아? 기억해?"

"……."

"세 번이야. 오전에 두 번 오후에 한 번."

"그래서?"

"중요한 것은 그렇게 들락거렸는데도 성수 어머니와 할머니 말고는 그 집에 세 들어 산다는 사람들에게 목격되지 않았다는 사실이야. 무슨 말인지 알겠나?"

"계속해 봐."

"그것은 2차 가설에서 반드시 필요한 부속품 같은 거야. 즉 성수네 집 안에서 어떤 예상치 않은 일이 진행된다고 해도 주위 사람들의 눈에 잘 띄지 않을 가능성이 크다는 말이지. 이것은 상식을 넘어서는 아주 중요한 거야."

다시 침묵이 이어지고 있는 사이에 나는 그 H 자의 의미를 해독하려고 가능한 모든 상상력을 동원해 보았지만 도무지 떠오르는 게 없었다.

"그 H 자는 무슨 뜻이었을까?"

창밖으로 시선을 돌린 채 나는 혼자 중얼거리고 있었다.

"분명히 H 자야?"

"난 장님이 아니야."

제8장

약자의 허위진술

성수 할머니의 진술에서 뭔가를 잡아보겠다는 생각을 접은 나는 방향을 수정하기로 했다. 직접적인 증거를 확보하는 일은 나로서는 한계가 있었다. 너무 긴 시간이 흘렀고 무엇보다도 내가 나서서 조사할 아무런 근거가 없다는 사실 때문에 더욱 그랬다. 그래서 강력한 심증을 확보하여 다시 수사기관에 넘기는 것이 내가 할 수 있는 모든 것이라는 결론을 내렸다.

나는 한수가 미묘한 분위기에서 허위진술을 했을 거라고 믿고 있었다. 만약 지금이라도 한수가 그때의 진술은 허위였다고 이야기한다면 이 사건은 다시 조사될 수밖에 없을 거라고 판단하고 있었다. 그런 생각에서 내가 다시 현지에 갔던 것은

1993년 12월 중순경이었다.

한수는 ○○중학교 3학년에 다니고 있었다. 교무실에 찾아가 면담을 요청했으나 마침 시험 보는 날이어서 학생들이 일찍 집에 돌아가는 바람에 만나지 못했다. 그렇다면 한수네 집으로 가야 하는데 얼마 전 한수 어머니의 모습이 생생하게 머리에 떠올랐다. 그래도 여기까지 와서 그냥 돌아갈 수는 없다는 생각에서 다시 한번 봉변을 무릅쓰고 한수네 집으로 향했다.

내가 한수네 집에 도착한 것은 오후 3시경 진눈깨비가 어설프게 흩날릴 때였다. B씨는 집에 있는 모양이었다. 승용차가 대문 앞에 세워져 있었다. 골목 끝에 다다르자 마침 한수 아버지가 대문 앞에서 시멘트 작업을 하고 있었다. 인사를 했더니 나를 단번에 알아보았다. 그러나 역시 태도는 냉담했다. 한수를 다시 한번 만날 수 없겠느냐고 간청했으나 대답은 단호했다.

"도대체 세상이 다 아는 일인데 뭘 또 묻는다는 말입니까?"

나는 단번에 말문이 막혔다. 사실 내가 한수를 다시 보려는 목적은 한수의 진술이 허위라는 것을 밝히겠다는 것 아닌가. 하지만 그런 말을 직접 꺼낼 수가 없어서 말을 둘러대기 시작했다.

"한수가 그날 아침 9시경에 삼거리 슈퍼마켓 앞에서 보았다는 아이들이 다른 아이들일 수도 있지 않습니까?"

"그럼 우리 애가 거짓말했단 말이오?"

"거짓말을 한 게 아니라 잘못 봤을 수도 있다는 뜻입니다."

"잘못 보다니! 아니, 자기 동생도 몰라본단 말이오?"

한수 아버지의 어투는 다소 공격적이었다. 나는 속으로 이렇게 된 바에야 있는 대로 털어놓자고 마음먹었다.

"그럼 실제로 다섯 아이들을 봤다면 거기까지 자전거를 타고 따라갔는데 왜 아무런 대화가 없었겠습니까? 실제로는 안 봤다는 이야기 아니겠습니까?"

나는 한수 아버지가 주춤거리는 틈을 놓치지 않고 계속 말을 이었다.

"이 사건은 무조건 아이들이 그날 아침에 산에 올라갔다고 믿었던 때부터 잘못되었을 가능성이 있습니다. 조금만 도와주시면 이 사건은 지금이라도 해결할 수 있습니다. 부탁합니다."

이야기를 듣고 있던 한수 아버지가 갑자기 일손을 놓고 돌아섰다.

"아니, 이 양반이 무슨 소리를 하는 겁니까? 그 애들이 산에 안 갔다면 어디 갔다는 말입니까?"

"그것을 알려고 제가 이러고 다니는 거 아닙니까?"

"더 말할 것 없이 우리 애는 틀림없이 봤다고 합디다. 괜히 이 사람 저 사람 의심하지 말고 뭐 하는 사람인지는 모르지만 하는 일이나 하세요."

나는 한수 아버지로부터 기대할 수 있는 것은 아무것도 없음을 확인하고 골목을 따라 내려와 민수네 집에 들렀다. 아무도 없었다. 누구든지 만나 한수의 진술이 나오게 된 배경을 자세히 알아보려고 했지만 모든 것은 허사가 되고 말았다.

돌아오는 길 내내 나는 마음이 무거웠다. 주위를 둘러봐도 어느 것 하나 협조적인 데가 없었다. 세월은 흘러 사람들은 포기해 버렸고 모든 것은 그렇게 굳어져 가고 있었다. 대한민국 사람이라면 누구나 기억하고 있는 일명 '개구리소년 실종 사건' 이 영원히 미제로 남겨질 것인가라는 암울함을 속으로 되뇌고 있었다.

다음날 어느 한적한 시골 다방에서 나는 다시 친구와 마주 앉았다. 창밖에는 매서운 바람이 불어 아스팔트 표면으로 진눈깨비를 휘몰고 있었다. 옷깃을 높게 추켜올려 머리 윗부분만 남겨놓은 사람들의 모습이 뭔가 비밀스런 것을 하나씩 가슴에 품고 있는 것 같았다.

"이런 생각이 들어."

"또 뭐?"

"한수가 허위진술을 했다면, 나는 그렇게 보고 있는데, 적어도 한수 부모는 정말로 한수가 그때 거기서 동생을 봤는지 한 번쯤은 물어봤을 거라고 생각해. 자기 아들의 실종과 관련된 중대한 일이니까 말이야."

"그야 그랬겠지."

"그래서 어떤 배경에서 한수가 허위 목격담을 이야기하게 됐는지 그걸 생각해 봤어. 우선 상상력을 총동원해서 사건 초기의 가상적 상황을 머리에 떠올려 보자고. 사건 초기에 경찰이 가출로 보고 움직이지 않자 군부대에 쫓아가 군인을 동원시켜 달라고 애원했을 정도라면 부모들 입장에서는 무슨 일이든 다 할 수 있는 상황이었을 거야."

"그럼 어른들이 시켰다는 말이야?"

"아니, 그런 분위기가 자연스럽게 만들어졌을 수도 있다는 거지. 진술은 아주 미묘한 분위기에서 얼마든지 만들어질 수도 있거든. 내가 어렸을 때 실제로 그런 경험이 있었으니까."

"무슨?"

"아버지 친구 분 중에 남의 돈을 챙겨서 도주했던 사람이 있었어."

"언제 때 이야기야?"

"한 30년도 더 됐을 걸. 가물가물한 옛날이야기야. 하지만 기억은 선명해. 돈을 떼인 사람들은 그 사람이 도주하기 전에 우리 집에 잠시 들렀을 거라고 생각했던 모양이야. 왜 그렇게 생각했는지는 모르지만 아무튼 나는 그렇게 기억하고 있어. 며칠 후에 어떤 아주머니가 우리 집에 왔는데, 그때 집에는 아무도 없었고 나는 심한 감기에 걸려 누워 있었어. 그런데 그 아주머니가 방문을 반쯤 열어 놓은 채로 나에게 이것저것 묻더라고. 추운 겨울이었는데 말이야. 그러더니 그 사람이 우리 집에 왔었느냐고 묻는 거야. 나는 그 순간에 모든 게 귀찮았어. 왜냐하면 고열을 앓고 있었으니까. 당시에 그 질문의 심각성을 전혀 모르고 있었던 나는 그 사람이 우리 집에 왔었다고 말하면 아주머니가 빨리 돌아갈 거라고 생각했던 것 같아."

"어린 마음에."

"그렇지. 지금 와서 그 옛날 나의 심리상태를 정확하게 알 수는 없지만 아마도 그랬을 것 같아."

"그래서?"

"허… '예'라는 딱 그 한마디를 듣자마자 아주머니는 사라졌어."

"문제가 생겼겠군."

"당연하지. 우리 아버지가 몰려온 사람들에게 그게 사실이 아니라고 해명을 했어. 그리고 나도 말을 잘못했다고 진술을 번복했어. 실제로 그게 사실이 아니니까. 하지만 몰려온 사람들이 뭐라고 했는지 알아?"

"뭐랬는데?"

"애들은 거짓말을 안 한다는 거야. 나는 지금도 그 말을 정확하게 기억해. '예' 라는 발음 하나로부터 출발한 그 허위진술을 번복할 길이 없더라고. 아무도 안 믿어 주니까."

"내가 생각해도 힘들겠는데."

"분명히 그렇지. 애들은 거짓말을 하지 않는다는 속설은 전혀 틀린 말이야. 아이들은 약자야. 거짓말은 약자가 더 많이 하는 경향이 있지. 게다가 아직 충분한 교육이나 사회 경험이 형성되지 않은 상태니까."

"그래서?"

"나는 한수의 진술도 그와 유사한 분위기에서 만들어졌을 거라고 생각해. 그리고 아무도 그것을 의심하지 않았고."

"음…."

"거기에는 막강한 방어벽이 하나 있어."

"무슨?"

"자기 동생을 잘못 볼 리가 있겠느냐는 그 한마디면 모든 의심은 완전히 봉쇄되는 거야."

"그야 그렇지."

"상상력을 총동원해서 그 상황을 머리에 떠올릴 수는 없을까?"

"어떤?"

"가령… 당시에 실종신고를 받은 경찰관이 한수네 집에 와서 가출이 틀림없으니까 며칠만 기다려 보자는 식으로 이야기했을 때…."

"부모들은 팔짝팔짝 뛸 일이지."

"그렇지. 그래서 아이들이 산에 올라간 것을 강력히 주장하기 위해서, 말하자면 빨리 수사력을 끌어들이기 위해서 엉겁결에 옆에 있는 한수를 가리키면서 누군가가 '무슨 소리를 하는 겁니까. 이 애가 분명히 봤다는데.' 라고 한마디 했다고 상상해 볼 수는 없을까?"

"……."

"그 절박한 상황에서 부모들은 그렇게 해서라도 아이들을 빨리 찾으려고 했을 테니까. 전혀 불가능한 상상인가?"

"그런 일이 있을 수는 있지."

"그저 막연히 웅성대는 분위기에서는 얼마든지 있을 수 있는 일이라고 생각해."

"그래서?"

"그때 경찰관이 옆에 있다가 한수에게 '너 정말 봤니?' 이렇게 물었다면…."

"한수가 아니라고 말할 수가 없었을 거란 말이지?"

"그렇지. '예' 라는 발음 하나로 또는 고개 한번 끄덕인 것으로 진술은 얼마든지 만들어질 수 있으니까. 그 당시에 어린 한수는 수십 년 전에 내가 그 상황의 심각성을 전혀 모르는 상태에서 그랬던 것처럼 그냥 봤다고 한마디 했을 수도 있다는 말이야."

"가능성은 있어."

"꼭 이런 식의 상황은 아니지만 이와 유사한 어떤 분위기에서 한수가 그날 아침 9시경에 슈퍼마켓 앞에서 아이들을 봤다고 주장했을 수도 있거든."

"그럴 수는 있지. 하지만 증거가 없잖아, 증거!"

친구는 추정으로 이어지는 내 주장을 수용하기에는 심한 거부감이 느껴졌던 모양이었다.

"증거? 그럼 증거가 없으면 상상도 하지 말란 말이야?"

순간 높아진 목소리 때문인지 나이 많은 다방 여주인의 시선이 멀리서 우리 쪽으로 이어지고 있었다. 나는 높아진 목소리를 속으로 눌러 삼키고 있었다. 다시 대화가 이어진 것은 한참 뒤였다.

"실제로 보았다면, 다른 동네까지 자전거를 타고 따라가서 자기 동생을 만났다는데 어째서 대화가 없었다고 하느냔 말이야. 그 점을 이해할 수 없어. 자넨 어때?"

"……."

"정상적인 판단으로 이해만 될 수 있다면 이러지 않아."

"좋아. 그래서?"

"한수 부모는 지금 그 진술이 허위라는 것을 알고 있을 거라고 생각해. 그래서 지난번에 내가 그 진술의 진위를 캐묻는 것 같으니까 문을 박차고 들어와서 대화를 중단시켜버린 거지."

"음…."

"그것은 상식을 벗어나는 행동이었거든. 실종된 자기 아들의 행적을 추적해 보겠다는데 그렇게 적극적으로, 아니 그것은 공격적이었어. 그런 식으로 방해한다는 게 말이 안 돼. 이해가 안 돼."

"좋아. 다 좋은데 나도 한 가지 이해가 안 되는 게 있어."

"뭐?"

"한수가 거기서 아이들로부터 산에 간다는 말을 직접 들었다고 해버리면 될 텐데, 안 그래?"

"그러면 확실한 거짓말이 되지."

"그렇지. 그런데 왜 대화가 없었다고 하겠나? 그건 실제로 봤으니까 봤다고 하는 거 아닐까? 그런 생각은 해보지 못했나?"

"물론 그 점에 대해서도 생각해 봤지. 하지만 인간의 심리현상은 말처럼 그렇게 단순하지 않아. 자기 동생이 없어진 중대한 사건에 대해서 심리적으로 완벽한 허위진술을 할 수가 없었던 거지. 한수는 착하고 순진해 보였어. 쉽게 말하자면 납치되어 간 것 같으니 빨리 찾아 달라고 호소하는 심리적인 배경이 있었을 거야."

"아이들이 산에 간 뒤에 납치됐다고 믿게끔 유도할 생각은 아니었을 거란 말이지?"

"그렇지. 그래서 아이들을 거기서 보기는 봤는데 들은 말도 없고 한 말도 없다고 이야기하고 있거든."

"또 하나의 그럴싸한 이야기군."

"결정적으로 아이들이 산에 올라간 것이 사실이라고 믿게 했던 것은 S 아주머니의 진술이었으니까. 헌데 그 아주머니의 진술은 한수의 진술로부터 무려 일주일이 지나고 파생된 거였어."

"한수가 그 당시에 중학생이었던가?"

"중학교 1학년."

"중학교 1 학년짜리 아이가 그렇게 복잡한 계산을 했을까?"

"의식적으로는 어렵겠지만 사람의 판단과 행동에는 무의식적인 계산이 선행하는 거야."

"그래서 한번 보았다고 주장했으니까 끝까지 봤다고 말하는 거고?"

"그렇지. 지금에 와서 그게 허위진술이었다고 해봐. 주위에서 가만히 있겠어?"

"흐음!"

"문제는 자네 말처럼 입증인데…."

"결론은 그거지."

"어떻게 해서든지 한수를 다시 한번 만나야겠는데 뭐 좋은 수가 없을까?"

"……."

"한수를 집에서 다시 보기는 불가능한 일이고."

"한수가 무슨 학원에 다닌다고 했잖아?"

"길거리에서 본단 말이야? 길거리에서 질문을 했을 때 진실을 털어놓을 리가 있겠나?"

"음…."

"한수를 다시 만나는 것도 어려운 문제지만 그보다 한수가 진심을 털어놓을 수 있는 분위기를 만드는 게 더 중요해."

난로 위에 놓인 주전자 꼭지에서 김이 제법 소리까지 내면서 솟고 있었다. 우리는 솟아올랐다 허공으로 흔적도 없이 사라지는 수증기를 표정 없이 바라보고 있었다. 친구가 다시 입을 열었다.

"이렇게 눈에 보였던 수증기가 갑자기 허공으로 흔적도 없이 증발해 버린다는 게 신기하지 않아?"

"……."

"하물며 처음부터 아예 보이지도 않았던 인간의 심리상태를 오랜 세월마저 흐른 지금에 와서 그 본래의 형태를 추리해 내겠다? 글쎄 자네는 10년을 공부했다지만 내가 보기에는…."

"황당하게 보이겠지."

"……."

"지금부터 200년 전에 어떤 사람이 달에 갔다가 돌아오겠다고 하면 그 당시 사람들이 뭐라고 했을까?"

"믿어 주지. 도인으로 생각할 수도 있으니까."

"그럴 수도 있겠군. 그럼 TV 화면에서 자기와 똑같은 사람이 말을 하고 있다면?"

"……."

친구는 무표정으로 침묵을 지키고 있었다.

"인간의 마음이 보이지 않는다고? 천만의 말씀이야. 그 구조물이 확실하게 보여. 물리적 개념으로 설명이 가능해. 그 넓은 정신공간에는 정거장도 있고, 창고도 있고, 대장간도 있어."

친구가 묘한 표정을 짓고 있을 때 나는 피식 웃었다. 그것은 우리 둘 사이에서 오랫 동안 계속되어 온 일종의 게임 같은 것이었다.

"200년 전에 TV 화면에서 말하는 자기 모습을 멍하니 들여다보고 있는 그 양반의 표정이 정확히 지금 자네 표정이었을 거야. 어쩌면 그분이 자네 선조였을지도 모르지. 하하하."

나는 손바닥을 펴서 수증기에 가까이 댔다. 통증을 이겨내려고 이를 악물었다. 손바닥에 금세 뜨거운 물방울이 맺히고 있었다.

"없어져도 남는 게 있어. 영원히 없어지는 것은 아무것도 없어. 아무것도 없다는 그 자체도 있는 거야. 있으니까 없다는 것을 알고…."

"거참, 사람 헷갈리게 하지 말고 이렇게 해보면 어떨까?"

"어떻게?"

"때에 따라 부모보다 학교 선생님의 역할이 직접적으로 영향을 줄 수도 있으니까 그쪽 학교 선생님을 만나 협조를 부탁해 보는 거지."

그 제안은 실효성이 있을 것으로 생각되었다. 상담에서 가장 중요한 것은 상대방이 모든 것을 털어놓을 수 있는 주변 분위기를 조성하는 일이다. 그런 분위기를 만들어 볼 목적으로 며칠 동안 여기저기 연락을 취한 끝에 개구리소년들이 다녔던 ○○초등학교에 계시는 선생님 한 분과 전화상으로 인사를 나눌 수 있었다.

당시 나는 그 초등학교 선생님을 통해서 한수가 다니는 ○○중학교에 계시는 선생님 한 분을 소개 받기를 기대하고 있었다. 그 중학교 선생님이 미리 한수에게 기억나는 대로만 이야기해야 한다고 주문을 하면서 좋은 분위기를 만들어 주면 의외의 결과가 나올지도 모른다는 생각이었다.

12월 15일, 먼저 약속해 놓은 ○○초등학교 선생님과 오후 늦게 교무실에서 마주 앉았다. 이 사건과 나는 무슨 인연이 있었던 것일까? 내가 만난 그 선생님은 실종된 아이들에 대하여 가장 잘 알고 있는 분 중 한 사람이었다. 나는 그 선생님으로부터 사건이 난 그 다음날인 3월 27일 아침에 있었던 일을 자세하게 전해 들을 수 있었다.

"사건이 나고 그 다음날 아침이었어요."

선생님은 기억을 더듬어 정리하느라 잠시 말을 멈추었다.

"동료 선생님들과 함께 차를 타고 출근하는데 뒷좌석에 있던 선생님 한 분이 그러는 거예요. 우리 학교 학생 다섯 명이 어제 아침에 산에 갔다가 돌아오지 않는다는 아침 방송을 들었다고요."

"그 다음날 아침에요?"

"예. 27일 아침에요. 사건은 26일에 발생했고요."

"음… 그래서요?"

"그래서 설마 우리 애들은 아니겠지 했는데 학교에 와보니까 우리 반에서 두 아이나 그 명단에 들어 있었습니다. 성수하고 인수하고."

"그래서 어떻게 하셨습니까?"

"직원하고 남학생들을 데리고 곧바로 산으로 올라갔지요. 우리가 산에 올라갔을 때 거기에는 이미 인근 주민과 부모들이 아이들 이름을 부르면서 찾고 있었습니다. 그때는 애들이 길을 잃고 어딘가 쭈그리고 있는 게 아닌가 하고 막연히 찾았습니다."

나는 그 선생님과의 대화에서 중요한 의문점을 안게 되었다. 부모들이 아이들을 찾기 시작했던 것은 3월 26일 저녁 7시 이후였다는데 어떻게 그 다음날 이른 아침에 그 내용이 방송되었을까 하는 점이었다. 그렇다면 밤사이에 누군가가 경찰뿐만 아니라 방송국에까지 신고를 했다는 이야기이다.

아이를 잃어버린 부모로서 할 수 있는 일은 다하려고 했을 테니 그럴 수 있다고 생각은 들었다. 하지만 낮에는 전혀 찾지 않았다는 점을 감안한다면 실종신고 과정이 신속하게 어떤 절

차에 따라 진행되었음을 암시받고 있었다.

그러나 애초에 기대했던 것은 무산되고 말았다. 내가 만난 그 선생님은 한수가 다니는 ○○중학교에 아는 선생님이 없었다. 나는 다음날 무작정 ○○중학교를 찾았다. 교감선생님을 직접 만나 연구목적상 한수와 면담하고자 한다는 부탁을 드렸다. 그리고 교감선생님 입회 하에 나는 상담실에서 두 번째로 한수와 마주앉았다.

한수는 나를 기억하고 있었다. 나는 한수에게 이 사건은 해결되어야 하고 목격자들의 진술이 중요하기 때문에 지금까지 해왔던 말이 아니라 실제로 기억나는 대로만 이야기해 달라고 간곡하게 부탁했다. 그러나 한수는 진술을 번복하지 않았다. 보았다는 것이다. 그러나 보았으면 왜 아무런 대화가 없었느냐는 나의 질문에 잠시 시간을 두고 한수가 했던 말은 이러했다.

"그 위에 사는 아주머니도 봤다고 하던데요."

여기서 그 위에 사는 아주머니는 S 아주머니를 이야기한다. 역시 예상했던 것처럼 모든 소문의 기본이었던 한수의 진술마저도 파생된 소문에 의존하고 있었다. 한수의 진심을 유도해 내는 데는 실패했지만 나의 마지막 질문은 아직도 여지를 두고 있었다.

"삼거리 슈퍼마켓 앞에서 대화가 없었으면 아이들이 도롱뇽 알을 잡으러 산에 갔다는 이야기는 언제 어디서 들은 거야?"

"동네에서 그 전날 들었는지 그날 저녁에 들었는지 그것은 기억이 안 납니다."

아이들이 없어진 3월 26일은 화요일이었기 때문에 여기서 한수가 말하는 '전날'은 실제로는 전전날 일요일이었고, '그날 저녁'은 동네에서 사람들이 아이들을 찾기 시작한 저녁 7시 이후를 의미한다. 이 말은 한수 어머니의 말과는 전혀 다르다. 한수 어머니는 얼마 전에 분명히 '아이들이 우리 집 마당에서 놀 때 큰애(한수)가 들었답디다'라고 말했었다. 한수의 진술이 한수 어머니의 진술과 일치하지도 않고, 더구나 S 아주머니의 진술에 의존하고 있는 점으로 보아 신빙성에 문제가 있음을 확인할 수 있었다. 하지만 삼거리 슈퍼마켓 앞에서 다섯 아이를 보았다는 진술 자체가 번복되지는 않았다.

그날 오후 나는 ○○여중을 찾았다. 내가 그곳을 찾은 것은 알려지지 않은 새로운 이야기를 들을 수 있을까 하는 혹시나 하는 마음에서였다. ○○여중의 많은 학생들이 실종된 아이들이 다녔던 초등학교를 졸업했고, 그중에 일부 학생은 그 동네에 살면서 가끔 성수네 집에 놀러 가기도 했다는 것이다.

나는 꽤 긴 시간 동안 그 여학생들과 이야기를 나누었지만 그들의 이야기는 보통 소문으로 들어서 아는 정도였고 이제는 세월이 2년 9개월이나 지나서 사실과 많이 다른 점도 있었다.

그중에 한 가지 귀담아 들었던 것은 그 동네 아이들은 마을 뒷동산에 올라가 노는 게 보통이고 ○○산은 멀고 무서워 잘 가지 않는다는 것이었다. 아이들이 도롱뇽 알을 잡으러 가는 곳도 ○○산이 아니라 대부분 뒷동산 근처라는 거였다. 학교에서 나온 나는 수사본부로 향하고 있었다.

"수사본부는 왜?"

"아무래도 수사본부에 다시 접근해야 할 것 같아."

"그게 제일 바람직한 방법이기는 하지만 그 사람들이 협조하겠어? 난 아닐 거라고 보는데."

"가능성은 적지. 하지만 지금으로서는 그 방법이 제일 좋을 것 같아."

친구와 나는 한동안 말이 없었다. 축 가라앉은 분위기를 실은 승용차가 힘겹게 도심을 빠져나가고 있을 때 친구가 작은 가설 하나를 나에게 던졌다.

"한수가 실제로 거기서 아이들을 보지 않았을까?"

"왜 그렇게 생각하는데?"

"아이들이 거기에 9시경에 실제로 나타났었다고 해도 그것이 산에 갔다는 증거는 못 되니까."

"그야 그렇지."

"거기서 집까지는 한 20~30분 정도 거리니까 늦어도 동네에 9시 반에는 도착할 수 있잖아."

"……."

"만약 그렇다면 거기서 산으로 향하지 않고 다시 집으로 내려왔다는 말인데, 그래 봐야 11시 전이니까 어떤 일이 충분히 벌어질 수 있었다는 말이지. 시간적으로 그렇잖아?"

"그렇다면 한수가 거기까지 따라가서 무슨 말인가를 전하지 않았을까?"

"어떤?"

"산에 가려는 아이들을 집으로 돌아오게 하는…."

"예를 들자면?"

"집에서 누가 급히 찾는다든지 뭐 그런…."

"그래. 그럴 수도 있어."

"아무튼 그 부분에 뭔가 있었던 것 같아. 분명한 것은 다른 동네까지 자전거를 타고 따라가서 자기 동생을 보고서도 대화가 없었다는 게… 난 그게 수긍이 안 가. 게다가 S 아주머니의 진술에 의존하고 있잖아."

"뭔가 걸리기는 걸리는데."

"더 이해가 안 가는 것은 한수 부모의 태도야. 자기 아들의 행적을 추적하겠다는데, 그 부분에서 뭔가 피하고 싶어 하는 그런 것을 느꼈거든. 난 한수가 9시경에 그 아이들을 슈퍼마켓 앞에서 봤다는 진술에는 문제가 있다고 봐."

"자네 말처럼 그 사건이 일어났던 초기에는 절박한 분위기 때문에 허위진술을 했다고 치자고. 하지만 자기 동생이 없어진 사건이니까 지금쯤은 그게 허위진술이었다고 스스로 번복할 수도 있지 않을까? 그 점에 대해서는 어떻게 생각해?"

"……."

"스스로 나서서 말하기 어려우면 자네가 이렇게 자연스런 분위기를 만들어 줄 때 이야기할 수도 있을 거 같은데 말이야. 슬쩍 흘릴 수도 있고."

"하지만 그게 그렇게 쉽지는 않을 거야, 이론상으로는."

"이론상으로?"

"응. 이론상으로."

"무슨?"

"예를 들어서 어떤 사람이 A 회사의 제품을 사려고 하는데 주변 사람들이 그 회사 제품은 문제가 심각하다며 반대하는 거야. 그런 경우에 자넨 어떻게 하겠나? 포기하겠나, 아니면 끝까지 그 제품을 사겠나?"

"난 포기할 거 같아."

"물론 물건을 써본 사람들의 충고를 받아들이는 것이 현명한 선택이겠지. 하지만 그렇지 못하는 경우가 생길 수도 있거든."

"있을 수 있지."

"그래서 A 회사의 제품을 샀다고 가정해 보자고. 그리고 실제로 물건을 써보니까 주변 사람들 말이 옳았다는 것을 알게 됐다고 생각해 보자고. 어느 날 그 주변 사람들 중에 한 사람이 '어때? 그거 쓸 만해?' 라고 묻는다면 그 사람은 뭐라고 대답할 거 같은가? 아니 자네 같으면 뭐라고 대답하겠나?"

"무슨 말인지는 알겠어. 일종의 고집이지."

"그것을 사회심리학에서는 '인지—행동 불일치' 현상이라고 하거든. 쉽게 말해서 안쪽의 생각과 밖으로 드러나는 행동이 일치하지 않는다는 말이야."

"이런 경우가 거기에 해당되나?"

"어떤?"

"휴거를 믿었던 한 사람을 아는데 말이야. 거참 묘하던데. 집 팔고 땅 팔아서 다 바치고 속았다는 것을 분명히 알 텐데도 끝까지 속았다는 말을 안 하거든. 그런 사람을 주변에서 많이 봤어."

"그런 불일치를 발생시키는 원인은 여러 가지가 있는데, 그 중에서 아주 효력이 큰 것 중 하나가 바로 '선언' 이야."

“선언? 말한다는 말인가?”

“응. 특히 대중 앞에서의 선언은 의외로 강력한 구속력을 제공하는 것으로 연구되고 있거든.”

“그럴 수도 있겠네. 많은 사람 앞에서 선언한 것을 나중에 번복하기가 쉽지는 않겠지.”

“한수의 진술은 사실상 모든 소문의 출발점이었잖아. 게다가 매스컴을 타고 알려지게 됐고. 그것을 지금 번복한다는 것은 극히 어려운 문제지.”

“주변 분위기도 그렇고 하니까 가능성은 충분하군.”

오후 4시 쯤 내가 수사본부에 들어섰을 때 D 수사관은 다른 직원과 긴밀한 이야기를 나누고 있었다. 두 사람의 이야기를 먼 거리에서 알아들을 수는 없었지만 대강 들리는 말로는 누군가를 추적하는 일을 하고 있는 것 같았다.

잠시 후 나는 D 수사관과 마주 앉았다. D 수사관은 얼마 전에 구성되었던 수사연구팀은 해체되었으나 몇 가지 수사를 계속하고 있다며 나에게 새로운 사실을 좀 알아냈느냐고 물었다. 서로 상대방이 뭐 좀 알아냈는지 궁금해 하고 있는 상황이었다.

내가 수사본부에 예정 없이 불쑥 나타났던 것은 여러 가지 가능성을 생각했기 때문이었다. 우선 아무래도 나로서는 이 일에 한계를 느끼지 않을 수 없었다. 그래서 만약 D 수사관이 같이 잘 해보자는 식의 태도를 조금만 보였다면 나의 1차 가설이 잘못되었음을 시인하고 새로운 가설을 제공할 용의가 있었다.

그러나 D 수사관의 태도는 달랐다. 수사연구팀의 활동과 소득을 물었을 때 그것은 입 밖에도 낼 수 없다며 자리에서 먼저 일어나고 말았다. 나도 입을 다물고 수사본부에서 나와야 했다.

돌아오는 길에 나는 내내 궁금증에 쌓여 있었다. 나는 D 수사관과 직원처럼 보이는 사람이 했던 이야기를 기억해내려고 애썼지만 중요한 것은 떠오르지 않았다. 단지 단편적인 단어들만 기억에 남아 있었다. '왜 전화를 그렇게 많이 했느냐?' '언니와 싸웠으면' '낚시를 주로 어디로 가는데?' '○○에는 왜 왔는가?' '성수' '간첩' 등등이었다. 그리고 D 수사관은 손에 전화번호가 인쇄된 명단 같은 것을 들고 있었다.

하지만 그것으로는 그들이 뭘 하고 있는지 정확히 알 길이 없었다. D 수사관이 손에 잡은 것은 무엇일까? 지금 추적하는 대상은 누구일까? B씨의 주변에서 뭔가 실마리를 잡은 걸까? 온갖 생각이 머리를 어지럽게 했다. 하지만 B씨와 관계된 일은 분명한 것 같았다. 왜냐하면 '성수' 라는 단어를 기억하기 때문이었다. 머리가 혼란스러울 즈음 친구가 나의 긴 침묵을 깼다.

"누군가를 추적하고 있다면 다른 단어는 이해가 가는데 간첩은 뭐야? 간첩이 그랬다는 말인가?"

나는 싱긋이 웃음을 던졌다.

"왜 웃어?"

"그 간첩 이야기. 생각나는 거 없어?"

"……."

"어린이 실종사건에 왜 간첩이 나왔을까?"

"그래서 물어본 거 아니야."

"B씨가 그랬거든 북한 공작팀이 내려와 우리 사회를 교란시킬 목적으로 아이들을 데려간 게 아니냐고. 말하자면 간첩의 소행일지도 모른다는 거야."

"허허허."

"내가 이 사건에 손을 댄 이래로 재미있는 두 가지 가설을 들었어."

"뭔데?"

"상상력이 대단히 풍부한 UFO설. 하하하, 우습지 않아?"

"그야 해도 해도 안 나오니까 답답해서 그런 거지."

"물론 그렇게 생각하면 아무것도 아닌 것처럼 보이지만 거기에는 중요한 의미가 있어. UFO설은 주로 주민들 사이에 유행하는 모양이야. 과학적으로 분석해서 끝까지 파고들어 진실을 밝히고 다시는 그런 일이 우리 사회에서 발생하지 못하게

끔 물고 늘어지는 정서보다는, 일순간에 확 달아올랐다가 쉽게 포기해 버리고 미신이나 UFO 같은 이야기에 귀가 쏠리는 우리네 비과학적인 정서를 들여다볼 수 있는 부분이야."

"그런 점은 있지."

"또 모 정보기관에서는 어떤 사람이 북한 공작설을 주장했다는 거야."

"나도 그런 이야기를 들은 것 같아."

"그게 뭘 의미하고 있을까?"

"……."

"우리는 지금까지 그래왔어. 사람들의 시선을 돌리는 데 가장 효과적이고 반론이 제기될 수 없는 방법으로 북한을 등장시켰지. 그 오래된 골동품을 이런 어린이 실종 사건에서도 만나다니 어이없는 일이야."

"그게 우리의 현실이지."

"또 하나 재미있는 일은, 사건이 난 그해 여름에 걸려온 한 통의 전화제보에 수십 명의 경찰수색대가 어느 한센병자 촌을 급습했다는 거야. 어떻게 생각해?"

"……."

"결과적으로 그들의 인권을 완전히 황폐화시켜 버리고 말았어. 양계 사업으로 어렵게 살아가고 있던 그 사람들에게는 그야말로 치명적이었지."

"기억나. 그런 일이 있었어."

"왜 자꾸만 시선을 밖으로만 돌리려고 했을까?"

노을이 붉게 타오르고 있는 들녘을 바라보며 나는 씁쓸한 웃음을 던지고 있었다.

제9장

알리바이

한수를 두 번째로 만나고 난 뒤로 나는 ○○초등학교 선생님과의 대화에서 알게 된 한 상황에 묶여 있었다. 그것은 한순간도 내 머릿속을 떠나지 않았다. 바로 그 다음날 아침방송에서 아이들의 실종 사실이 알려졌다는 점이 나를 한동안 침묵케 했다. 그것은 성수 어머니가 11시부터 성수를 찾아 나서게 된 것과 일맥상통하는 점이 있었다. 의외로 신속한 조치였다는 생각이 들었다.

이제 내가 해야 할 일은 명백히 드러나고 있었다. 사건 당일 아침과 저녁, 그리고 그 다음날 동네에서 있었던 일들을 알아보는 것이었다. 세월이 많이 흘러서 기억들이 희미하겠지만 그래도 워낙 큰 사건이었기에 주변 사람들이 많은 것을 기억하고 있을 거라고 생각했다.

특히 내가 알고자 했던 것은 그날 누구에 의하여 아이들이 없어졌다는 사실이 공식적으로 경찰에 신고되었는지, 그리고 그 다음날 아침방송에 나오게 된 배경은 무엇인지 등이었다. 그래서 그때까지 만나지 못했던 태수 어머니와 인수 아버지, 그리고 그 동네 속사정을 잘 아는 사람을 만나 그날 있었던 상황을 알아보기로 했다.

그런 목적으로 내가 다시 현지에 간 것은 1993년 크리스마스 이브였다. 먼저 유일하게 그 동네를 떠나 이사한 인수 아버지를 우여곡절 끝에 만날 수 있었다.

당시 인수 아버지는 성수네 집에서 직선거리로 약 40미터쯤 떨어진 곳에 살고 있다가 인수를 잃어버리고 난 얼마 뒤에 공장에 불이 나 이사하게 되었다. 외아들이었던 인수는 사건 당시 친어머니가 없었다.

인수 아버지는 노모를 모시고 가내공업을 어렵게 하고 있었다. 단칸방에 들어섰을 때 옆방에서는 직물 기계가 요란스럽게 돌고 있었고 벽에는 다섯 아이들의 사진이 붙어 있을 뿐 여느 집 가정형편과 같지 않음을 알 수 있었다. 인수 할머니의 연세는 성수 할머니와 비슷한 듯했고 말이나 기억력이 또렷했다.

"그날 오후 4시경에 집에 와보니까 차려놓은 점심이 그대로 있었어요. 그래서 성수네 집에 가봤어요."

"왜 그 집에 먼저 가봤습니까?"

"노는 날이면 인수가 그 집에 자주 갔었어요."

"그 당시의 일을 기억나는 대로만 이야기해 주세요."

"그때 성수네 집은 문이 잠겨 있었고 불러도 대답이 없었어요."

"문이 잠겨 있었다고요?"

나의 질문에는 무의식적으로 힘이 들어가 있었다.

"예."

"문이 잠겨 있는 집이 아닌데… 대문 말입니까?"

"아뇨. 안채 문이 잠겨 있었어요."

"11시부터 성수 어머니가 성수를 찾았다면 산에 갔다가 언제 돌아올지 모르는데 왜 문을 잠가 뒀을까요?"

한동안 인수 할머니의 응답이 없었던 것으로 나의 수첩에는 기록되어 있다. 문을 잠가 놓아야 할 이유가 무엇이었을까? 이 점은 새로운 가설과 일치하면서 반드시 있어야 하는 중요한 부속품 같은 것이었다.

그리고 또 하나 알게 된 것이 있었다. 사건 직후에 성수 할머니가 입이 테이프로 봉해지고 두 손이 묶인 채 쪼그리고 있는 듯한 몸짓을 하면서 봤다는 표현을 여러 번 했다는 것이다. 그러나 아무도 관심 있게 보지 않았고 인수 할머니가 봤다는 곳을 가보자며 팔을 잡아끌면 안 간다고 했다는 것이다. 그런 일이 여러 번 있었다고 인수 할머니는 진술했다. 이것은 성수 할머니가 감금상태에 있는 누군가를 목격했을 가능성을 암시하고 있었다. 즉 봤기 때문에 그런 식으로 표현했을 거라는 생각이 들었다.

마지막으로 알게 된 것은 더 놀라운 것이었다. 사고가 나던 날 낮에 성수 어머니가 B씨에게 전화를 해서 아이가 없어졌으니 집에 들어오라고 했다는 것이다. 나는 인수 할머니의 이야기를 정확히 기억하고 있다. 인수 할머니는 이렇게 이야기했었다.

'성수 엄마가 낮에 애가 없다고 하면서 이 집 저 집 찾았다고 합디다. 그리고 공장에 전화해서 성수 아버지에게 애가 없어졌으니까 들어오라고 했다고 합디다.'

그날은 투표하는 날이었지만 작은 공장은 대부분 일을 했을 거라고 인수 아버지는 기억하고 있었다. 그러나 인수 아버지는 B씨가 무슨 공장에 다녔는지 알지 못했다.

인수네 집에서 새로운 진술을 듣고 나섰을 때 날은 이미 어두워졌다. 크리스마스 전야에 예약 없이 여관방을 잡기는 어려웠다. 뱅뱅 돌다가 겨우 잠자리를 잡고 저녁을 먹고 나니 11시 정도 되었다. 밖에서 크리스마스 전야를 즐기려는 차량 행렬이 이어지고 있을 때 우리는 여관방에서 머리를 맞대고 인수 할머니의 진술을 분석하고 있었다.

"만약 그날 B씨가 출근했다면, 그리고 부인이 공장에 전화를 해서 남편을 집으로 불러들였다면 그걸 어떻게 해석해야 할까?"

친구가 오랜만에 심각한 표정으로 묻고 있었다.

"뭔가 중대한 일이 발생했던 거지."

"집 안에서?"

"내가 말했잖아."

"솔직히 말해서 아이들이 집 안에서 사고를 당했다는 자네 주장에는 아직도 거부감을 느끼고 있는데… 이게 사실이라면 놀라운 일이군."

"사건이 나고 2년 9개월이 지난 지금에 와서 생전 처음 본 나에게 그 할머니가 없는 이야기를 만들어서 했다고 볼 수는 없잖아? 안 그래?"

"그렇지."

"그냥 기억나니까 있는 대로 이야기했을 거 아닌가."

"정말 모를 일이군."

“문이 잠겨 있었다는 이야기는 밖에서 사람들이 접근하지 못하게 할 목적이었을 거란 말이야.”

“그렇지. 만약 그 할머니의 진술이 허위가 아니라면.”

“아무튼 그날 아침에 집 안에서 뭔가 비상사태가 발생했다고 봐야 해. 생각해 봐. 공장에서 일하는 남편을 전화로 불러들였다는 점을.”

“허! 이렇게 해서 또 못 빠지게 하는군.”

“내일은 집중적으로 그 부분을, B씨의 당일 행적을 알아봐야겠어.”

“남자 화장실 끝 하고 이웃집 담 사이에는 상당한 공간이 있는 것 같더군.”

“그래? 나는 없는 것으로 알고 있었는데. 다른 데는?”

“또 본채 뒤편에도 공간이 있어.”

“그랬나?”

“거기는 공간이 꽤 넓은 것 같던데. 마루 같은 게 있을 것 같아.”

“지도 내놔 봐. 인수 할머니가 그려 준 거 있지. 뒤쪽 골방은 사건 당시에 비어 있었다고 했거든.”

지도를 펼쳐놓고 우리는 공간을 찾고 있었다. 공간! 밀폐되어 다른 사람들이 쉽게 접근하지 못하는, 그러면서도 그렇게 보이지 않는 적당한 공간을 찾고 있었다. 처음 생각했던 것은 시골집에서 무나 고구마 같은 것을 저장하기 위하여 파놓은 땅굴 같은 것이었다.

내가 중학교 때 일이다. 친구 집이 시골이었는데 부엌 한 모서리에는 몇 사람이 들어갈 수 있는 큰 땅굴이 있었다. 거기에는 여러 가지 채소류 같은 것이 저장되어 있었고 우리가 그 속에 들어가 놀기도 했던 기억을 가지고 있었다.

"자넨 화장실 근처 말고 또 다른 장소가 있다고 본단 말이지?"

"응."

"그 뒷골방이 당시에 비어 있었다는 인수 할머니의 말을 그대로 믿을 수 있을까?"

"일단은 믿고 그 점에 대해서도 좀더 알아봐야겠지."

크리스마스 날 오전 10시쯤 여관에서 나온 우리는 제일 먼저 태수네 집을 찾았다. 하지만 태수 아버지와 어머니는 직장에 나가고 집에는 아무도 없었다. 내가 가본 집 중에서 태수네 살림 형편이 가장 어려워 보였다. 1960년대 판자촌이나 다름없는 정도의 어려운 실태를 단번에 알 수 있었다.

여기저기 연락 끝에 그 동네 속사정을 잘 알고 있는 모씨를 만난 것은 오후 2시였다. 모씨의 집은 한수네 집 건너편에 있었다. 모씨는 그날 있었던 일들을 상세하게 기억하고 있었다.

"사건이 나던 그날 오후 7시경까지 동네에서는 별다른 일이 전혀 없었습니다."

모씨의 이러한 진술은 지난번 D 수사관의 이야기와 일치하고 있었다.

"나는 그날 종일 집에 있었습니다. 사건이 시작된 것은 저녁 7시가 막 넘어서 저녁을 먹고 있을 때였습니다. B씨한테서 전화가 왔더라고요."

"그분이 전화를 자주 합니까?"

"전화하는 일은 거의 없습니다. 집이 바로 요 앞인데요."

"무슨 일로 전화를 했던가요?"

"아이들이 없어졌으니까 동네방송을 해달라고 합디다."

"이 집에 방송시설이 있습니까?"

"예."

"그래서요?"

"내가 그랬지요. 아이들이 놀다가 돌아올 텐데 그걸 가지고 방송할 것까지 있겠느냐고요. 그리고 전화를 끊고 방송을 하지 않았습니다."

"예."

"그런데 한 10분쯤 뒤에 밥을 거의 다 먹어 가는데 B씨가 직접 찾아왔더라고요."

"이 집에요?"

"예. 방송을 해달라고…."

"그래서 방송을 했나요?"

"예."

"뭐라고 했습니까?"

"그저 애들을 본 사람이 있으면 집으로 돌려보내라고 그렇게 간단하게 했지요. 그때까지도 그 사람 외에 다른 부모들은 아이들을 찾지 않았습니다."

"그 뒤로는 어떻게 됐습니까?"

모씨는 긴 한숨을 토해 내면서 잠시 주춤거리기를 반복했다.

"그리고는… 음… 뭔지 모르게 횡설수설하면서 자꾸만 동네를 돌아보자는 겁니다. 그래서 동네를 돌았지요."

"같이요?"

"예. 그때 나는 전혀 신경도 안 썼습니다. 그냥 돌아보자고 하니까 저녁 먹고 운동 삼아 같이 돌았지요."

"예."

"그런데 어디서 들었는지 아이들이 산에 갔다는 말을 하더라고요."

"그리고 무슨 일이 기억납니까?"

"B씨가 곧바로 파출소에 신고하고, 그날 저녁 늦은 무렵에 방송국에 연락도 하고 그렇게 된 겁니다."

모씨는 동네방송을 하고 B씨와 같이 동네를 돈 것이 7시 20분에서 30분 사이라고 기억하고 있었다. 그런데 사건일지에는 실종신고가 당일 오후 7시 45분경에 접수된 것으로 되어 있었다. 즉 동네를 한바퀴 돌고 나서 곧바로 실종신고를 했다는 이야기이다. 그러고 나서 아이들을 찾는 작업이 갑자기 급진전되었던 것이다.

나는 여기서 아이들이 없어졌음이 동네에 알려지고 경찰에 신고되고 방송국에까지 연락된 일들이 B씨에 의하여 이루어졌음을 알 수 있었다. 그날 밤은 천둥번개가 치고 비가 내리는 차가운 날씨였는데 B씨는 자기 차에 모씨를 태우고 동네 사람들과 같이 ○○산을 밤늦게까지 수색했다는 것이다. 한 가지 특이한 것은, 모씨는 당시에 아이들이 산에서 실종되었을 가능성에 대해서 매우 회의적이었다. 그는 이렇게 이야기했다.

"에이! 다 큰 애들이 산에 올라가서 실종될 리가 있겠습니까? 그리고 밤에도 공단이 훤하게 내려다보이는데요. 충분히 찾아오고도 남지요. 그리고 ○○산 주변에는 집들도 많아요."

모씨는 납치에 대해서도 부정적이었다.

"납치요? 애들 다섯을 어떻게 납치해 간단 말입니까? 그것도 산에서… 데려다가 뭐 하려고?"

나는 모씨로부터 당시 상황을 상세하게 더 들을 수 있었다. 그 사건이 날 당시에 성수네 집에는 네 집이 세 들어 살고 있었는데, 그들은 의심받을까 봐 이사도 가지 못하고 상당 기간 그대로 살았다는 것이다.

모씨와 긴 이야기를 마치고 우리는 방에서 나와 마당에 모였다. 슬그머니 내 옆으로 다가서는 모씨를 눈으로 맞이하면서 나는 직감적으로 마당 모서리로 자리를 옮겼다. 나지막한 모씨의 목소리가 나를 긴장시키고 있었다.

"그런 이야기 들었습니까?"

"무슨?"

"태수네가 최근 시내에 집을 한 채 샀다는 이야기요."

"어디에요?"

"시내에."

"아뇨. 처음 듣는 이야깁니다."

"그 당시만 해도 태수네는 사글세를 살고 있었고 지금도 세 들어 살고 있습니다. 그 집에 가 보셨습니까?"

"예."

"시내에 집을 사려면 적어도 1억 원은 넘게 줘야 할 겁니다."

"그런 큰돈이 어디서 났을까요?"

"허허허, 그야 모르죠."

나는 모씨와 긴 이야기를 마치고 나서 곧바로 B씨가 다녔다는 ○○공장을 찾았다. 공장은 아이들이 살았던 동네에서 자동차로 7~8분 거리에 위치하고 있었다. 직물공장이었다. B씨는 그 공장에 약 10년간 근무했다고 한다. 내가 공장에 들어섰을 때 마침 수위실에는 세 사람의 직원이 있었고 모두 B씨를 아는 사람들이었다.

내가 알고 싶었던 것은 그날이 선거일이었는데 B씨가 출근했었는지 여부였다. 세 사람은 그날 B씨는 출근했고 시간은 정확하지 않지만 대략 점심 무렵에 아이들이 없어졌다는 전화를 받고 애를 찾으러 간다며 일찍 퇴근했다고 진술했다.

나는 중요한 사실들이 확보되었다고 생각했다. 상식적으로 생각할 때 직장에 출근한 남편을 집에 불러들인다는 것은 집안에서 어떤 비상사태가 벌어졌을 때나 있을 수 있는 일인데, 과연 그것이 무엇이었을까? 그리고 B씨가 공장에서 나와 어디서 무슨 일을 저녁 7시경까지 했을까? 나의 머릿속에서 한 편의 시나리오는 점점 선명한 사실적 그림으로 다가오고 있었다.

제10장

그 사건의 시나리오

그때까지 수집된 자료를 기초로 제2의 가설이 완성되고 있었다. 숙제검사를 받는 날은 늘 그랬듯이 나는 친구를 불러 다방 한구석에 자리 잡고 앉았다.

"그날은 학교에 가지 않았으니까 아침을 먹은 동네 아이들은 무리를 지어 밖에 나왔을 거란 말이야. 그리고 어른들은 일찍 출근하는 사람도 있었을 테고, 일부는 투표하러 학교에 가기도 하고."

"그랬겠지."

"아침을 먹은 실종 어린이들이 8시경에 철수네 집 마당에 모였다고 추정하자고. 하지만 모인 아이들이 누구누구였는지 또 몇 명이었는지는 아직 몰라."

"좋아."

"그때 성수는 어쩌면 자기 집에 있었을지도 모르지."

"왜?"

"민수와 인수는 옷을 입으러 자기 집에 왔었다고 하고, 철수는 자기 집에서 놀았고, 태수하고 성수는 옷을 입으러 집에 오지 않았어."

"좋아. 그렇다고 치고."

"옷을 입으러 잠깐 집에 왔던 것을 기준으로 보면 아이들은 두 팀으로 나뉘거든. 집에 온 아이들과 오지 않은 아이들."

"그야. 그럴 수도 있잖아."

"물론. 하지만 그것이 중요한 의미를 가질 수도 있지."

"무슨?"

"철수네 집 마당에서 놀았던 것은 다섯 명이 아니라 세 명일 수도 있다는 거야."

"음…."

"아무튼 일부 아이들이 옷을 입으러 집에 잠깐 들렀다는 것은 아이들이 어딘가 가기로 했던 것이라고 생각이 돼."

"거기서 도롱뇽 알을 잡으러 산에 간다는 이야기가 나왔을 수도 있잖아?"

"그렇지. 한수 어머니는 그렇게 이야기했으니까. 그런데 실제로 그 소리를 들었다는 당사자인 한수는 그 전전날 일요일에 들었는지 사건이 난 그날 저녁에 들었는지 그것을 기억하지 못한다니까 신빙성이 없다고 보거든. 아무튼 아이들이 산에 갔느냐 안 갔느냐는 더 이상 문제가 안 돼."

"집 안에서 벌어진 일로 보니까."

"그렇지. 철수네 집 마당을 나온 아이들은 일단 옷을 입으러 해산했다가 동네 어느 지점에서 만나기로 했던 것 같아. 생각해 봐, 우리가 어려서 놀던 때를."

"좋아. 계속해봐."

"순수한 추리지만 이렇게 생각해 보자고. 아이들이 약속된 장소에 모여 기다리고 있는데 성수가 나타나지 않는 거야. 그래서 그 아이들 중에 누군가 성수를 부르러 갔다고 가정해 보자 이거야. 아니면 집에 있었던 성수를 같이 데리고 가려고 부르러 갔거나."

"완전히 소설을 쓰는군."

"소설 같은 이야기가 아니면 이 사건은 해결이 안 나. 소설이라도 써서 이 사건의 윤곽을 알아보는 게 아이를 잃어버린 우리가 해야 할 일이야. 난 어쩔 때는 국민의 한 사람으로서 백주대낮에 아이들이 다섯 명이나 한꺼번에 없어졌는데 아무것도 모르고 있다는 사실이 창피하다는 생각이 들거든."

"좋아. 그렇다고 치고."

나는 반사적으로 높아진 목소리를 의도적으로 낮추었다.

"거기서 전혀 예기치 않은 사고를, 무슨 사고인지 지금으로서는 알 수 없지만, 아무튼 정상적으로 생각하기 어려운 우발적인 어떤 사고가 발생했다고 생각해 봐."

"어떤?"

"모르지. 하지만 확률적으로 발생할 수 있는 가능성이 극히 희박한 사고."

"확률, 가능성, 그런 거 빼고. 딱 집어서 무슨 사고?"

"모르지. 나는 점쟁이가 아니야. 날더러 정답을 대라고 하지 마."

나는 그만 나도 모르게 목소리를 높였다.

"미안해. 지난밤에 꼬박 뜬눈으로 날을 샜어. 마누라가 짐을 싸서 아이들을 데리고 친정으로 가버렸거든."

잠시 둘 사이에는 묵직한 침묵이 흐르고 있었다. 친구가 분위기를 바꿔볼 양으로 너스레를 떨었다.

"이 사람아! 마누라가 보따리 싸서 들락거리는 거야 다반사 아닌가. 난 아주 이골이 나서 그런 일에는 신경도 안 써. 뭘 그런 걸 가지고."

"음…."

"그래서?"

나는 유쾌해진 듯한 목소리로 그 위장된 분위기에 빠르게 편승하고 있었다.

"자네가 소설이라도 써보라고 강요한다면 쓰지. 못 쓸 것도 없지. 예를 들어서 찾아온 아이가 목격해서는 안 되는 뭔가를 목격했다든지…."

"좋아. 어디까지나 추리니까."

"당시에 태수네는 사글세를 사는 형편이었거든. 그런데 사건이 나고 1년 반 정도 후에 적어도 1억 원이 넘는 집을 샀단 말이야."

"음…."

"내가 태수네 집에 가봤거든. 어디에 무슨 재산이 따로 있었는지는 모르지만 태수네는 지금도 세 들어 살고 있어. 내 생각에 1억은 고사하고 단돈 100만 원도 없어 보이던데 말이야."

"그게 좀 걸리기는 해."

"그냥 무시해도 되는 일인가?"

"그래서 사건의 발단이 뭐라고 생각해?"

"아무튼 우리가 상식적으로 생각하기 어려운 어떤 일이 그날 아침에 성수네 집 안에서 벌어졌다고 가정하자고. 무슨 일이 벌어졌는지는 모르지만, 가상적인 행동의 순서는 첫 번째가 비의도적인 또는 우발적인 실수였을 거야. 두 번째는 은폐 행위였고. 그리고 그 두 번째까지 있었던 실행량은 도덕적 방어선을 완전히 무너뜨리기에 충분했다고 봐야 해. 그 방어선이 무너진 이후의 행동은 제한이 없었을 테고."

"카! 그러니까 간단히 이야기해서 한 아이가 부르러 갔다가 돌아오지 않으니까 다른 아이가 가게 됐다?"

"우리가 어려서 놀던 때를 생각해 봐. 황당하지만 그럴 수는 있잖아."

"있을 수는 있지만…."

"그리고 초기에 그 사건을 가출로 보고 있던 경찰에 대한 다른 부모들의 불만을 등에 업고 모르는 사람에 의한 납치로 주변 분위기를 유도한 거야. 그렇게 해서 아이들을 산으로 올려 보내놓고 말이지."

"좋아. 하지만 당시에 그 집에는 네 집이나 세 들어 살고 있었다는데 실제로 그런 일이 집 안에서 있었다면 누가 봐도 봤거나 무슨 소리를 듣지 않았을까?"

정확한 예측이 현실로 나타날 때의 흥분을 나는 감추지 않고 있었다. 즉각 친구의 질문에 응수를 던지고 있었다.

"그렇지, 바로 그거야!"

"뭐가?"

"자네 입에서 그 말이 나오기를 기다리고 있었네."

"뭘?"

"그렇게 보는 상식적인 생각이 B씨를 지금까지 강력하게 보호해 왔던 거야. 그 방어벽!"

"흐음!"

"하지만 그때 누군가 확실한 것을 목격했다면 이 사건은 지금까지 미제로 남아 있을 수가 없었겠지. 내가 그 집을 수도 없이 들락거렸지만 단 한번도 세사는 사람들이 나를 본 일이 없었어."

"네 집이나 세 들어 살고 있는데 어떻게 거기서 그런 엄청난 일이 벌어질 수가 있겠느냐 이거지? 그래서 그것이 강력한 보호막 역할을 했다?"

"그렇지!"

얼굴에서 황당함을 감추지 못하고 있던 친구는 드디어 고개를 저었다.

"하지만 나는 아직도 그 점을 수용할 수가 없어. 그날은 학교에 가지 않은 다른 아이들도 집에 있었을 테고, 게다가 아이들이 다섯이나 되니까 누군가 목격했을 것 같은데 말이야."

"……."

"가령 그날 아침에 누군가 성수를 부르러 왔다가 방에 들어가는 것을 봤다든지 아니면 무슨 소리를 들은 것 같다든지."

"그런 생각이 강하면 강할수록 자넨 그 방어벽을 넘지 못할 걸세."

"하지만 그럴 가능성은 있잖아?"

"물론 있지."

"그럼 왜 신고나 제보를 하지 않았을까?"

"그게 이 사건의 성격상 묘한 점이야. 사건 초기에 경찰에서는 가출로 보고 사흘만 기다려 보자고 했고, 사흘이 지나고 나서는 다시 일주일만 더 기다려 보자는 식이었거든."

"그 사이에 기억이 희미해졌다?"

친구는 다시 한번 고개를 조심스럽게 좌우로 흔들고 있었다.

"예를 들어서 세 들어 사는 아무개라는 사람이 그날 아침에 아이들 중에 누군가가 방에 들어가는 것을 보았다고 가정해 보자고."

"아무것도 목격하지 못했을 가능성보다 그 가능성이 더 크다고 봐야지. 실제로 그런 일이 있었다면."

"그렇지. 경찰이 그 사람을 그 다음날 불러다가 그날 아침에 봤거나 들은 것을 기억해 보라고 했으면 어떤 중요한 진술을 했을지도 모르지. 그러나 당장 그날 저녁부터 아이들을 찾으러 ○○산에 올라가기 시작했고, 그 다음날 아침부터 방송에서는 아이들이 ○○산에 개구리 잡으러 갔다가 돌아오지 않는다는 내용이 퍼지기 시작했던 거야."

"음…."

"방송이나 신문이 뭔지 아나? 사람들이 흔히 '신문에서 봤어' 또는 '방송에 나오던데' 하면서 시작하는 주장은 듣는 상대방의 의심을 봉쇄해 버리는 막강한 위력을 가지고 있어."

"그건 그래."

"게다가 실종된 철수의 형 한수가 봤다는데, 9시경에 삼거리 슈퍼마켓 앞에서 자기 동생을 봤다는데!"

"의심할 수가 없단 말이지?"

"누가 거기에 의심을 해보겠나? 설마 내가 잘못 봤겠지, 잘못 들었겠지 이런 식으로 넘어갈 수밖에 없잖아. 안 그래?"

"음…."

"게다가 여기저기서 그 아이들이 산에 가는 것을 보았다는 많은 목격자가 출현하는 그 당시 상황에서는, 다섯이나 되는 아이들이 집 안에서 어이없는 사고를 당했을지도 모른다는 생각은 천만분의 일도 감히 상상할 수 없는 일이지."

"커… 이걸 믿어야 할지 말아야 할지 모르겠네."

"그렇게 해서 초기에 단기간 저장되었던 기억이 시간이 지나면서 아예 사라지게 된 거야. 단기기억은 반복이나 충격 과정을 거치지 않으면 장기기억으로 넘어갈 수가 없으니까. 일상에서 보거나 듣는 자극들의 특징이 뭔 줄 알아?"

"……."

"반복해서 입력되지 않고 시간 축을 타고 흘러간다는 거야. 특히 청각자극은 한번 들리고 사라지니까. 1회 입력의 조건으로 충격이나 집중력 없이 사람이 자극을 기억할 수 있는 시간은 최대 18초에서 30초 정도밖에 안 돼."

"생각보다 인간의 기억력이 형편없군."

"그런 웅성대는 분위기가 어느 정도 지나고 나서, 가령 보름 정도 지나고 나서 그 아무개라는 사람도 그때부터 곰곰이 생각해 보기 시작한 거야."

"기다려도 돌아오지 않으니까."

"그렇지. 아무래도 이상하니까. 그 사람은 언젠가 그 무렵 아침에 누군가 성수를 부르며 방으로 들어섰다거나 아니면 뭔가 이상한 점을 희미하게 기억하고는 있는데 그게 정확히 언제였는지 혼돈이 생기기 시작하는 거야. 그게 확실하게 아이들이 없어진 날이었는지 아니면 그 전전날 일요일이었는지 이런 식으로 말이야. 사건은 화요일에 발생했으니까."

"날짜가 묘하게도 그렇게 되네."

"자기가 절실하게 적극적으로 경험했던 일은 세월이 지나도 그림처럼 남지만 집중력 없이 그저 일상에서 늘 있는 일을 시간이 지나고 나서 정확히 기억한다는 것은 거의 불가능해."

"그래서?"

"석준이와 우리 셋이 얼마 전에 추어탕 먹으러 갔던 일 기억나지?"

"응."

"그게 언제라고 생각해."

"한 보름쯤 됐지."

"나는 지금 자네 기억력을 알아보고 싶은 거야. 생각해 봐, 정확한 날짜를."

친구는 고개를 약간 돌리고 미간을 찡그린 채 기억창고를 더듬고 있었다.

"그게… 지지난 주 화요일이었나?"

"수요일이야."

"그런가? 자넨 어떻게 알아?"

"기억해 놨거든. 하지만 자넨 생각보다 기억력이 정확한 편이네. 석준이는 지난주 아니었느냐고 하던데."

"그 친구는 원래 그랬고."

"정확히 14일 전에 세 사람이 한자리에 모여 추어탕을 먹었던 일은 비교적 기억에 선명하게 남는 일이야. 안 그래?"

"그렇지."

"하지만 그날 아침에 세 들어 사는 아무개가 그저 일상에서 늘 있는 일을 보름이 지나고 나서 기억해 내기란 거의 불가능해. 그때부터 그 사람은 막연하게 마음 한구석에 뭔가를 느끼고 있을 뿐 그것을 입 밖에 낼 수는 없었겠지. 그런 엄청난 사건에 막연한 소리를 했다가 그걸 어떻게 책임지겠어. 그나마 그 막연한 느낌마저 세월이 지나면서 아예 없어져 버렸고."

"그렇게…."

뭔가 오래된 기억창고에서 이론 같은 것을 끄집어낼 때면 나는 꼭 담배를 무는 습관이 있었다.

"오래전에 어떤 사회심리학자가 나무 막대의 길이를 비교하는 실험을 했어. 대학원생들끼리 짜고서 분명히 길이가 약간 짧은 막대를 모두가 약간 길다고 강력히 주장한 거야. 그러고 나서 마지막에 진짜 피험자에게 어떤 게 더 기냐고 물었거든. 그 실험에서 아주 재미있는 인간의 심리현상이 발견되었지. 이 피험자는 자기가 보았을 때 분명히 짧은데 모두가 약간 길다고 주장하는 막대가 길다고 대답했던 거야. 무슨 말인지 알겠어?"

"정말로 그럴까?"

"내가 모 대학에서 실제로 똑같은 모의실험을 해봤는데 분명히 짧은 것을 길다고 주장하더라고. 그때 강의실에 작은 충격이 주어졌던 일을 기억하고 있어. 실제로 인간의 기억이나 판단작용은 주변 환경의 영향을 직접적으로 받는 거야."

"그럴 수 있지."

"얼마 전에 어떤 살해사건에 대한 분석을 의뢰받은 일이 있었는데, 사건기록에서 아주 재미있는 것을 발견했어. 해결되지 않은 아주 중요한 사건이었어. 독립된 세 기관에서 부검을 통해 사망시간을 추정했던 기록을 보고 나는 깜짝 놀랐어."

"왜?"

"놀랍게도 세 기관이 추정한 사망시간이 모두 1시간 반 사이에 들어와 있는 거야."

"그게 놀랄 일인가?"

"사람이 언제 죽었는지를 그렇게 정확하게 추정할 수 있다고 생각하나? 물론 그럴 수도 있겠지. 하지만 그 사건기록을 보는 순간 쉐리프 실험이 갑자기 떠오르더군. 완벽하게 빛이 차단된 암실에 한 명씩 피험자를 집어넣고 고정 불빛으로부터 이동 불빛이 얼마나 떨어져 있는지를 추정해 보라고 주문했거든. 그 결과 가장 짧게 추정한 사람과 가장 길게 추정한 사람의 차이가 무려 열 배가 넘었어. 그런데 재미있는 것은 똑같은 실험에서 모든 피험자를 동시에 암실에 넣고 자유스런 분위기에서 그 거리를 추정하게 했더니 그들의 반응이 중간치로 수렴되더라는 거야."

"무슨 말인지 알겠네."

"개인은 대다수의 판단으로부터 멀어질 때 불안을 느끼거든. 그것이 인간의 심리야. 그 심리에 의해서 행동이 이루어지는 거고."

"음…."

"생각해보라고. 온 동네가 다 아이들은 산에 갔다고 주장하고, 친형이 직접 봤다는데, 게다가 방송까지 나서서 그 주장에 확실한 신빙성을 증가시키고 있는 그런 상황이었어. 그날 아침에 누군가 무슨 소리를 들었다고 해도, 설령 확실한 뭔가를 봤다고 해도 침묵할 수밖에 없었을 거야. 안 그래?"

"고개를 갸웃거리면서?"

"그렇지. 절대 다수의 주장을 정면으로 반박하지 못했을 거란 말이지. 그리고 세월이 지나니까 그마저도 혼란스럽게 된 거고. 그저 일상에서 늘 있었던 일이니까."

"설마, 아니겠지, 내가 잘못 봤겠지, 이런 식으로…."

"그거야. 그리고 B씨는 그것을 적절하게 이용해 왔다고 봐.

세 사는 사람들도 많았고 동네 사람들도 다 있었는데 어떻게 나를 의심할 수 있느냐는 식으로 말이야."

"나 이거야! 믿어야 할지 말아야 할지. 들으면 말이 되는 거 같고 돌아서면 황당하니… 무슨 이런 일이 다 있어."

"그것이 모든 사람의 의심을 완전히 봉쇄해버리는 강력한 보호막 역할을 했던 거라고, 지금까지."

"……."

"UFO를 목격한 사람들은 처음에는 그런 사실을 숨기려는 경향이 있다는 거야. 잘못하면 이상한 사람이 될 수도 있으니까. 그런 이야기를 했다가 실제로 직장에서 해고당한 사람도 있다는 거야. 절대 다수와 정면으로 대치한다는 것은 치명적이거든."

"그건 그래."

"더구나 그들은 B씨 집에 세 살고 있는 입장이야. 자네 세 살아 봤어?"

"……."

"그렇게 네 명의 아이들은 그날 아침에 사고를 당했다고 추정할 수 있지. 그리고 성수는 어딘가 반 감금된 상태로 있었고."

"집 안 내부에?"

"일단은 그렇게 보는데."

"그건 아닌 것 같은데."

친구는 한마디 던지고 나서 자동적인 손놀림으로 담배 한 개비를 물고 불을 붙였다.

"듣기가 거북스럽기는 하지만 가능성은 있잖아?"

"좋아. 그렇게 해서 아이들이 산에 갔다는데 못 봤느냐며 성수 어머니가 11시경에 동네를 돌았고, 그리고 전화를 해서 남편을 부르게 된 거란 말이지?"

"지금까지 알아본 바로는 그게 맞아. 자네도 들었잖아. 내가 없는 말을 만들어 낸 건가?"

"계속해 봐."

"어쨌든 B씨는 전화를 받고 공장에서 나왔어."

"언제쯤?"

"대략 점심시간 무렵이었겠지. 공장에서 나온 B씨는 그때부터 저녁 7시경까지 뭔가를 했다고 봐야지."

"집 안에서?"

"아니면 어디겠어? 애를 찾는다며 공장에서 나왔다는데."

"그보다는 성수를 다른 곳으로 빼돌렸을 가능성은 없다고 생각하나? 설령 그랬다고 해도 집 안은 아닐 것 같아."

"성수를? 어디로?"

"어디로든."

"……."

"4월 초에 성수네 집으로 전화를 해준 것도 B씨가 잘 아는 사람이었어, 납치범이 돈을 요구했다면서. 그건 그 사람이 성수를 감추는 데 협조할 수도 있다는 말 아닌가?"

"그건 아니지. 왜냐하면 사건 초기에 그런 전화를 해달라는 주문은 충분히 설득력이 있었어. 경찰에서 가출로 보고 대대적으로 수사를 안 하고 있으니까 거짓말이라도 해서 아이들을 빨리 찾아야 하지 않겠느냐고 자네가 나에게 호소한다면 나도 그쯤은 해줬을 거야. 안 그래?"

"음…."

"하지만 사건이 나던 날 오후에 성수를 누군가에게 맡긴다는 것은 같이 공범이 되자는 이야긴데 누가 그러겠나? 자네 같으면 그것을 수용하겠나?"

"……."

"문을 잠가놓고 작업을 완료하고 난 뒤에 저녁 7시가 막 넘어서 모씨에게 전화해서 아이들을 찾는 동네방송을 부탁했고, 10분 뒤에 직접 찾아와서 동네방송을 했고, 그리고 모씨와 같이 마을을 돌면서 낮에 퍼트린 말에 의존하여 아이들이 ○○산에 도롱뇽 잡으러 간 것으로 단정하게끔 유도하는 데 성공

했고, 신속하게 경찰에 실종신고를 했고, 그날 저녁 늦게까지 산을 수색하는 데 앞장섰던 거야. 물론 그 사이에 방송국에다 연락도 하고 말이야."

"흐음!"

"그렇게 해서 바로 그 다음날 이른 아침부터 아이들이 ○○산에 갔다가 돌아오지 않는다는 이야기가 방송에 나오게 되었고, 그날 이후 성수 할머니는 성수를 집 안에서 목격했을 거라고 생각해."

"그건 아니야! 만약 그런 일이 있었다면 성수는 사건 당일에 어떤 식으로든 밖으로 나왔을 거야."

친구가 생각해 볼 필요도 없다는 듯이 반사적으로 고개를 젓고 있었다. 하지만 나는 친구의 강한 부정을 무시하고 있었다.

"아이가 쪼그리고 있는 듯한 모습을 표현했던 성수 할머니의 행동이 그것을 암시하고 있다고 생각해. 그것을 인수 할머니가 우리에게 이야기했던 거지."

"그래서?"

"그 이후로 아이들이 납치됐다는 쪽으로 유도하려고 노력했어. 그런 목적에서 4월 4일의 돈을 요구하는 전화, 5월 31일의 전화상으로 녹음된 성수 목소리가 조작되었을 거라는 생각이 들어."

“황당하기는 하지만 아무튼 모든 게 성수하고만 연결되고 있단 말이야.”

“그렇지?”

“응. 그 점은 인정해.”

“그래서 나는 성수는 살아 있을 가능성이 높다고 봐.”

친구는 웅크렸던 자세를 풀고 푹신한 등받이에 몸을 던지고 있었다.

“후….”

“왜?”

“설령 자네 추리가 모두 옳다고 해도, 문제는 누가 이런 황당한 이야기를 믿어 주겠나? 증거도 없이.”

“증거? 그거야. 그것 때문에 B씨는 화장실 근처를 경계할 수밖에 없었던 거야.”

“그곳을 매장 위치로 본단 말이지?”

“그 사건이 나고 세월은 2년 7개월이나 흘렀어. 그때까지 아무런 문제가 없었는데 내가 처음 B씨를 만나던 날 아는 사람이 어떤 식으로든 관련됐을 것 같다는 주장을 하자 B씨는 속으로 당황했을 거야. 그런 내가 화장실에 들어가자 평소 같았으면 아무렇지도 않았을 텐데 가슴이 철렁했겠지. 그리고 따라 들어와 뭘 하나 감시하지 않을 수 없었던 거라고 생각해. 그 전날 식당에서 우연히 만난 것도 자네 같으면 그걸 우연으로 보겠나?"

"글쎄."

"그렇게 해서 세월은 지금까지 흘러 온 거야. 어때? 뭐가 문제라고 생각해?"

"그럴듯하긴 하지만 한편으로는 황당하게 들리는 것도 사실이야. 지난번 가설도 이야기는 아주 매끄럽게 이상이 없었잖아."

친구의 간단한 응답은 나의 말문을 효과적으로 봉쇄할 수 있었다. 그것은 곧 좀더 확실한 뭔가를 손에 잡아야 한다는 평소의 내 생각을 크게 강화시키고 있었다.

제11장

조작된 전화 통화

아직도 증거 내지는 증거에 준하는 그런 것을 확보하지 못했다는 사실이 나를 괴롭히고 있었다. 아무리 이야기가 그럴싸해도 이런 엄청난 사건의 용의자를 증거 없이 지명하기란 위험하다는 생각에는 변함이 없었다. 그러던 차에 내가 늘 마음에 두고 있었지만 소홀히 했던 게 떠올랐다. 1991년 5월 31일 오후 5시 30분경에 밖에서 성수로부터 걸려 왔다는 전화내용이었다.

나는 그 전화내용에 대하여 B씨로부터 자세한 이야기를 들어서 알고 있었다. 그 전화내용은 당시 각 집에 설치해 놓은 녹음장치에 의해 녹음이 되어 경찰에 신고되었고 국과수에서 감정을 받았던 것이다. 그러나 단서가 짧아서 성수의 목소리와 유사하나 단정할 수는 없다고 결론지었던 것이다. 나는 거기에 어떤 단서가 있으리라는 기대를 가슴에 품고 그해 겨울을 보내고 있었다.

사람의 일이란 사연에 따라 복잡하게 얽히게 마련이다. 그래도 시간이 흘러 때가 되면 어김없이 찾아오는 계절의 단순함이 때때로 한가로운 여유를 주곤 한다. 어느 봄날 우리는 공원벤치에 앉아 또 다른 이야기의 긴 여정에 들고 있었다.

"우선 그 전화를 성수 어머니가 받았다고 하거든."

"그래서?"

"이해가 안 가는 부분이 있어."

"뭐 알아본 게 있어?"

"응."

나는 잠시 멈추고 있었다.

"커…!"

"뭔데?"

"성수 어머니가 녹음단추는 눌렀는데 상대방 전화번호를 추적할 수 있는 단추는 누르지 않았다는 거야."

"그래? 분명해?"

"응."

우리는 서로에게 눈길을 던지고 있었다.

"음…."

"그것만 눌렀으면 적어도 자기 아이가 어디 있었는지는 알 수 있었는데 말이야."

"고의로 누르지 않았다고 보는 건가?"

"나는 그렇게 봐."

"왜 그랬냐고 물어봤어?"

"물론 물어봤지."

"뭐래?"

"B씨 말로는 성수 어머니가 추적단추를 누르기는 했는데 손가락으로 누른 게 아니고 수화기로 누르면서 미끄러져 제대로 눌려지지 않았다는 거야. 그러면서 그것을 누르지 못했던 것이 한이 되고 다섯 아이들의 생명과 바꿨다고 생각한다는 거야."

"수화기로 눌렀다는 말이 무슨 말이야?"

"수화기 머리 부분."

"수화기 머리 부분?"

"응."

"왜 수화기 머리 부분으로 추적단추를 누르려 했을까?"

"그 점이 이해가 안 가. 또 하나의 의문점은 녹음된 전화내용이야. '여보세요' 라는 말부터 시작하고 있거든. 그렇다면 전화벨이 울리자 수화기를 들면서 추적단추는 누르지 않고 녹음단추만 누르고 나서 '여보세요' 했다는 이야기잖아?"

"그렇지. 순서를 따져보면."

"그렇다면 성수 어머니는 전화벨이 울리는 순간 그 전화는 이상한 전화라는 것을 사전에 알고 있었다는 말인가?"

"미리 녹음하려고 준비하고 있었단 말이지?"

"그렇지. '여보세요' 하기 전에 녹음단추를 눌렀으니까."

"그러네."

"보통 상식적인 순서는 전화벨이 울리고 나면 수화기를 귀에 대고 상대방의 이야기를 먼저 듣는 거 아냐? 그러다가 이상하다 싶으면 손가락으로 녹음단추도 누르고 추적단추도 누르는 것이 정상적인 순서일 것 같은데, 안 그래?"

"그 전화가 누구한테서 걸려왔는지 모르니까."

"그렇지. 결국 성수 어머니의 행동은 의도적으로 그 대화를 녹음하려고 사전에 준비했던 거라는 생각이 들어."

"잠깐!"

"뭐?"

"그러니까 성수는 그날 밖으로 빠져나왔고 누군가의 보호 아래 있으면서 전화를 했다는 말이군."

"그날 나왔는지 그 이후에 나왔는지 모르지만 밖으로 나온 것은 분명해."

"그래서 지금도 어딘가에 살아 있고?"

"난 그렇게 봐."

"좋아. 아무튼 그 대화녹음은 조작이란 말이지?"

"여러 가지 정황을 맞춰보면 그런 거 같아."

"한 번 들어보자고."

우리는 자리를 옮겨 어느 작은 실험실로 이동하고 있었다. 우리는 오후 내내 「사건 25시」에서 방송된 전화녹음 내용을 검토하고 있었다. 직접적인 단서를 찾지는 못했으나 정상적인 전화상의 대화내용이 아니라는 심증이 점점 강해졌다. 그 이유는 크게 세 가지로 압축할 수 있었다.

첫째는 대화 내용에 성수와 성수 어머니 두 사람의 목소리밖에 없다는 사실이다. 어린이 유괴사건의 경우 범인과 아이의 부모가 대화하는 게 일반적인데 범인의 목소리가 전혀 없다는 점이 우선 마음에 걸렸다. 그것은 납치범이 전화를 건 목적이 없다는 것이고, 성수가 모르는 사람에 의해서 납치된 상태에 있었다고 말할 수 있는 근거가 되지 못한다는 점이다.

둘째로 대화하는 전체적인 분위기가 전혀 감정적이지 못하다는 사실이다. 두 달 넘게 그렇게 애타게 찾던 아들의 목소리가 전화상으로 들렸다면 어머니로서 그 순간의 감정이 어떻게 나타났겠는가? 충분히 상상해 볼 수 있는 일이다. 그러나 대화는 마치 두 사람이 대사를 읽는 것 같은 인상을 강하게 풍기고 있었다. 성수 어머니의 감정은 처음부터 끝까지 전혀 동요되지 않았다.

마지막으로 더욱 놀라운 것은 성수 어머니의 마지막 대화 내용이다. '어딘데?' 라고 묻고 난 이후 무려 7초 동안 상대방이 수화기를 내려놓을 때까지 아무 말도 없이 기다리고 있다가 같이 수화기를 내려놓았다는 사실이다. 아이를 잃어버린 어머니로서 그게 가능했을까? 전화상으로 7초는 상당히 긴 시간이다. '어딘데?' 라고 묻고서 대답이 없었을 때 어머니의 심정은 어떠했을까? 그냥 아무 말도 없이 기다리고 있다가 성수가 수화기를 내려놓자 같이 수화기를 내려놓는 어머니를 생각할 수 있을까? 나는 이 점에서 의심의 여지없지 또 한번 강한 심증을 굳히면서 그 사건의 실체에 접근하고 있음을 직감하고 있었다.

"그래! 이 부분은 자네 말이 맞는 거 같아. 아무리 들어 봐도 이것은 어머니와 납치된 아들 사이의 대화는 아닌 것 같아."

"이럴 수가 없지."

제12장

일치된 증언들

나는 그 사건에 대한 심증을 강하게 굳히고 있었지만 한편으로는 앞으로 뭘 해야 할지 방향을 잡지 못하고 있었다. 아직도 내 수중에는 명백한 증거가 없다는 불안감 때문이었다. 늘 그랬듯이 엉뚱한 아이디어 하나를 머리에 담고 나는 다시 친구를 만났다.

"뭘 더 해야 할까?"

"없잖아."

"그럼 이대로 그냥 있어야 하나? 심심풀이 이야깃거리로 씹어가면서?"

"이쯤에서 경찰로 넘겨."

"물론 그래야겠지. 그 전에 한 가지 해보고 싶은 게 있어."

"뭔데?"

"뭔가 잘 안 풀릴 때는 단순하게 생각해 보면 길이 보이거든. 때로는 미련할 정도로 단순하게 말이야."

"어떻게?"

"예를 들어서 내가 자네 시계를 훔쳐서 내 주머니에 담았다고 해. 현장을 목격하지는 못했지만 자네는 나를 계속해서 의심하고 있어. 왜냐하면 자네 방에 들어갔던 사람은 나밖에 없으니까. 그래서 내 주변을 빙빙 도는 거야. 그렇다면 언제까지 그래야 할까?"

"……."

"주머니에 구멍이 나서 시계가 땅바닥에 떨어질 때까지? 그래서 명백한 증거가 눈앞에 나타날 때까지?"

"요점이 뭔데?"

"아주 간단해. 나한테 물어보는 거야."

"뭐라고?"

"시계 가져갔느냐고."

친구는 나를 향해 일그러진 얼굴을 내밀었다.

"이런, 주머니를 까서 보여줄 것을 기대하는 거야?"

"아니지! 그럴 거 같으면 자네가 내 주변을 빙빙 돌 때 그냥 내놨겠지."

"그럼 그 사람에게 뭘 기대한단 말이야? 나 참."

"물론 기대하는 것은 없어."

"그럼 왜?"

"그냥 궁금하니까."

"뭐가?"

"B씨가 이러한 의문점에 대해서 어떻게 답변할 것인가 궁금하지 않나?"

"자신 있어? 잘못하면 맞아 죽는 수가 있다는 것도 계산한 거야?"

"죽을 때 죽더라도 일단은 궁금하잖아."

"승부수를 던지겠다는 거야?"

"해보는 거지. 하늘에서 감이 입 안으로 떨어지기를 기다리는 것보다는 훨씬 현실적이지 않을까? 좀 무모해 보이기는 하지만 말이야."

1994년 1월 18일 10시경, B씨에게 전화를 걸어 중요한 일이 있으니 오후 두세 시 사이에 찾아뵙겠다고 전해 놓고 현지로 향했다. 가는 도중에 나는 어떻게 그의 응답을 유도해낼 것인가를 구상했다. 가장 핵심적인 것은 사건이 나던 날 점심때쯤 공장에서 나와 저녁 7시경까지 집에 와서 뭘 했는지 직접 묻는 것이었다. 또 하나 해야 할 일은 문제의 그 녹음 원본을 입수하는 일이었다.

오후 3시가 조금 못 된 시각에 현지에 도착한 나는 B씨를 대문 앞에서 만났다. 우리 둘은 건너편 조용한 곳으로 자리를 옮겼다. 수사본부 앞쪽에 있는 ○○커피숍에서 B씨와 마주앉은 것은 오후 3시경이었다. 그리고 둘 사이의 대화는 1시간 반이 넘게 계속되었다.

"그간 어떻게 지내셨습니까?"

이때 B씨는 서울에 다녀왔고 장인이 아팠다는 등등 많은 이야기를 했다.

"군대생활은 어디서 하셨습니까?"

"강원도요."

"강원도 어디요?"

"27사단요."

"아, 이기자부대! 반갑습니다. 저도 거기 있었습니다."

군대생활에 대한 이야기가 잠시 있었다. 그와 나는 무슨 인연인지는 모르지만 같은 시기에 같은 사단에서 군대생활을 했다. 그는 27사단 포병부대에 있었고 나는 27사단 전차부대에 있었다. 군대 이야기로 서두를 부드럽게 풀면서 긴 이야기가 시작되고 있었다.

"지금까지의 수사 방향은 애들이 산에 올라간 것으로…."

"예."

"그렇게 보고 수사가 진행됐는데…."

"예."

"제가 봤을 때는 산에 올라가지 않았습니다. 납치라고 볼 수가 없다 이겁니다. 왜냐하면 다섯 명이나 되는 아이들을 데려갈 이유가 없습니다. 돈도 아니고 원한 살 만한 것도 없고 말입니다."

"그래서요?"

B씨는 무슨 소리를 하느냐는 의심의 눈초리로 나를 주시했다.

"S 아주머니의 진술은 과학적으로 믿을 수 없다는 것을 입증했습니다. 또 제가 한수를 두 번 만났어요. 쭉 이야기를 들어보니까 한수의 진술도 근거가 없고 말이 안 됩니다."

"자기 동생을 모를 리가 있습니까? 어른들한테 거짓말을 할 애가 아닙니다."

"어쨌든 아이들은 산에 올라가지 않았다는 생각이 듭니다. 어떤 형태로든지 아는 사람과 연관이 있을 것 같다고 전에 한 번 말씀드린 적이 있죠? 그래서 제 나름대로 이야기를 쭉 짚어

가다 보니까 문제점이 발견됐어요. 그래서 제가 오늘 뵙자고 한 겁니다."

"말씀해 보세요."

"11시부터 성수 어머니가 성수를 찾으러 나섰다 이렇게 말씀하셨는데…."

"예."

"아이들이 산에 갔다고 하는 건 그런가보다 하고 믿을 수도 있습니다. 하지만 11시부터 애를 찾아 나서야 할 이유가 뭐냐, 이게 문제가 되더란 말입니다. 12시나 12시 반쯤 되면 밥 먹으러 들어올 수도 있는데 말이죠."

"그날 태권도장에 가야 하는데…."

"태권도장에 가는 시간은 1시 반입니다."

"그날 애 엄마한테 이상한 느낌이… 가슴이 두근거리는… 불길한 예감이라는 게 있지 않습니까? 그 당시만 해도 애 엄마가 절에도 열심히 다니고, 타고난 천성이, 남한테 양심 바르게 사는 그런 사람입니다. 그런데 갑자기 이상한 느낌이 들었다는 겁니다, 불길한 느낌이. 그래서 애들한테 물어본 모양입니다. 그때 산에 갔다고 하는 소리를 들은 것 같아요. 그래서 태권도장에 연락도 해보고 여기저기 알아보고 그랬던 거죠."

"하지만 보통 사람 입장에서는 그 부분이 역시 의문입니다.

과연 예감을 받고 그렇게 찾아 나선다는 게 가능한 것인가 하고 말입니다.”

“그건… 불길한 예감이… 모성애라는 게 있다고 하지 않습니까?”

“그렇게 대답하시니까 일단 그렇다고 치죠.”

“예.”

“그날 보니까 B씨께서 출근하셨다는데….”

“예.”

“성수 어머니께서 공장에 전화를 걸어서….”

“전화는 안 했습니다.”

“그래요?”

“성수 엄마는 그날 전화는 안 했습니다. 저한테 전화는 안 했고, 혼자 왔다갔다 애 찾으러 다니고 그랬습니다.”

“그런데 그 공장에 있는 분한테 알아봤거든요.”

“예.”

“B씨께서 전화를 받고 그날 낮에 퇴근하셨다는데요.”

“아닙니다. 전화를 받고 퇴근한 게 아니고… 그날 어떻게 된 거냐면….”

B씨는 기억을 더듬느라 말을 잠깐 쉬었다.

“제가 좋아하는 기초의원 후보, 그 사람 사무실에 가 봐야지

하고 있다가 6시에 퇴근했습니다. 정식으로 6시에 퇴근했습니다, 중간에 나온 게 아니고요. 애 엄마만 혼자 찾으러 다니고 저는 6시에 퇴근했어요. 그때 아는 사람이 기초의원에 출마했거든요. 그 사람이 기초의원이 됐어요."

"그분은 잘 아는 분인가요?"

"고등학교 선배입니다."

"예."

"저녁에 퇴근하면서 그 사람 사무실에 가서 개표하는 것 좀 봐야지 했지요."

"알겠습니다. 그렇다면 B씨께서 공장에 있을 때 성수 어머니께서 전화를 했다는 진술자가 두 사람이나 있는데…."

"아니오. 저는 전화 받은 게 없습니다."

"제가 공장에 가서 물어봤거든요. 그 사람들 진술을 받아 놓은 게 있어요. 또 인수 할머니도 성수 어머니가 성수 아버지한테 전화를 해서 낮에 집으로 불러들였다는 이야기를 들었다고 진술했고요."

"아닙니다. 전혀 모르는 사람들 이야기입니다. 6시에 퇴근하고 집에 와서, 분명히 6시예요. 집사람에게 물어보니까 아이들이 산에 갔다고 하더라고요. 근데 보니까 날이 어두워지더라고요. 그래서 플래시를 들고 나갔어요. 일찍 나왔으면 어둡기 전에 일찍 서둘렀겠죠."

"알겠습니다. 그렇다면 B씨가 말씀하시는 거하고 다른 분들 진술은 완전히 다르네요."

"예. 저는 6시에 퇴근해서 동네에 와보니까 어두워져 있었어요."

"그럼 공장 직원들이 거짓말을 했다는 건가요? 세 사람을 만났는데, 그분들 이야기가 다 일치하던데요."

"아니오."

"정확해요. 모씨의 이야기에 의하면 7시가 막 넘어서 저녁밥을 먹고 있을 때 1차로 전화가 왔다는 겁니다. 그러고 나서 모씨 집에 10분 후에 와서 동네방송을 했다고 해요. 그리고 동네를 돌았다는 겁니다."

"오래돼서 잘 기억은 안 나는데… 퇴근하고 갔었지 싶은데… 오후 3시나 4시는 아니에요. 내가 공장에서 전화를 받고 나왔다고 해도 5시 이후고, 퇴근했다면 6시고 그럴 겁니다. 하도 오래돼 가지고 기억이 가물가물하지만 어두울 때 나온 게 사실이에요."

"그렇다면 그 사람들이 왜 위증을 했겠습니까?"

"그 사람들도 오래된 일이라서… 안 그랬겠느냐 하는 거겠죠."

B씨는 이때 성수 어머니가 그날 공장으로 전화를 했는지 안 했는지 알아본다며 카운터에서 어디론가 전화를 걸었다. 그리고 몇 마디 통화하는 것 같더니 성수 어머니는 그날 전화를 했던 사실이 없다고 나에게 전했다.

"그렇다면 이야기가 틀리는데… 이건 중요한 일인데…."

"내가 퇴근하고 집에 와보니까 애 엄마가 얼굴이 노랗게 되어 있더라구요."

"그럼 그 사람들 진술이 잘못됐네요?"

"예. 그 당시에 저는 공장에서 일하고 있었습니다."

"알겠습니다. B씨가 6시에 퇴근했다는 것을 진술할 만한 동료라든가 그런 분들이 지금도 근무하고 있습니까?"

"시간이 많이 흘러서 그 사람들도 많이 떠났을 겁니다."

"혹시 기억나는 분 없으세요?"

"모르겠네요."

"알 만한 사람 없습니까?"

"그 사람들도 기억을 못하지요. 그리고 한번 물어봅시다. 내가 전화를 받고 왔는지 갔는지 어떻게 안단 말입니까? 인수 할머니 같은 사람들이 어떻게 알겠습니까?"

"알겠습니다. B씨가 6시에 퇴근했다는 것을 그때 당시에 수사본부에서도 알고 있었습니까?"

"알고 있는지, 그건 모르겠네요."

나는 B씨로부터 그때 당시 공장에 근무했던 몇 사람의 이름을 받아 적었다. B씨와의 긴 대화를 마칠 무렵 나는 성수 목소리 녹음에 대한 이야기를 꺼냈다. 그리고 녹음 원본을 얻을 목적으로 B씨를 따라 집으로 가기로 했다.

커피숍에서 밖으로 나왔을 때는 퇴근 시간이 가까워진 시간이었다. 줄을 이은 차량들이 어떤 목적지를 향하여 달리고 있었고 하늘은 약간 회색빛을 띠고 있었다. B씨는 ○○산 쪽으로 고개를 돌리며 말문을 열었다.

"참 해괴한 일입니다. 저 산인데… 애들이 없어진 데가."

"……."

"아무튼 누구든 이 사건을 해결하는 사람은 대한민국의 영웅입니다. 하지만 어려울 것 같아요. 이제는 사람들 관심도 시들해졌고, 해볼 만큼 해봐도 나오는 게 없으니까요."

B씨가 혼자 이야기하는 동안 나는 화장실 생각을 하고 있었다. 집이 가까워지면서 그 화장실에 들어가 보고 싶었다. B씨의 반응을 다시 한번 확인하고 싶은 충동이 일고 있었다. 상황은 정확히 석 달 전과 같았다. 그러나 더욱 당황스런 일이 나를 기다리고 있었다.

내가 대문에 막 들어 설 때 B씨는 바로 내 앞쪽에 위치하고 있었다. 나는 화장실을 쓰겠노라고 이야기하고 남자 화장실에 들어섰다. 그러고 나서 불과 3, 4초 후에 누군가 화장실 문을 두드렸다. 그리고 그 앞에 잠시 머무는 듯한 느낌이었다. 나는 순간적으로 움찔했다. 이런 상황은 전혀 예상하지 못했기 때문이었다.

세 사는 사람일지도 모른다는 생각이 든 나는 고개를 돌리면서 크게 기침을 했다. 그러자 그 사람은 옆 여자 화장실로 들어섰다. 나는 소변을 순간순간 멈추어가며 옆 칸에서 들리는 소리에 온 신경을 집중했다. 그는 소변을 보았지만 정상적으로 소변이 마려웠던 것은 분명 아니었다. 약 10여 초 후에 나가는 소리가 나자 나는 화장실 문틈으로 그 사람을 확인했다. 그 사람은 분명 B씨였다.

내가 화장실에서 나와 본채로 향할 때 B씨는 마루에서 내 쪽을 바라보며 나를 기다리고 있었다. B씨가 남자 화장실에 노크를 했던 이유는 정상적으로는 절대로 설명할 수 없는 일이다. 그는 내가 남자 화장실에 불과 3, 4초 전에 들어가는 것을 보았기 때문이다. 틀림없이 보았던 것이다. 그렇다면 그는 내가 남자 화장실에 있다는 것을 알고도 노크를 했다는 결론이다.

그래야 할 이유가 무엇이었을까? '내가 당신을 감시하고 있으니 다른 행동 하지 마시오' 라는 행동언어로 해석할 수밖에 없었다. 나는 다시 한번 그가 화장실을 극도로 경계한다는 사실을 확인할 수 있었다. 그리고 거기에는 의심의 여지가 없었다.

화장실에서 나온 나는 마당을 가로질러 본채로 들어섰다. 항상 확인하는 일이지만 세 산다는 사람들을 전혀 볼 수 없었다. 곧바로 나와 B씨는 단둘이 안방으로 들어섰다. 나는 책상 위에 놓인 전화기를 가리키며 지금도 녹음과 전화번호 추적이 가능한지 물었다. 가능하다고 했다.

나는 우선 추적단추를 실수로 누르지 못했던 경위를 물었다. B씨는 성수 어머니가 추적단추를 수화기 머리 부분으로 누르면서 미끄러지는 과정을 재현해 보였다. 그리고 바로 그 문제의 녹음테이프를 꺼내 틀었다. 내가 그것이 원본이냐고 묻자 그는 아니라고 대답했다. 나는 원본을 손에 넣어야 한다는 생각으로 수십 개의 테이프 중에서 원본처럼 생긴 것을 찾아보았다.

많은 테이프 중에서 아무거나 하나 집어 들고 '이게 원본입니까?' 라고 묻자 B씨는 나를 힐끔 쳐다보더니 맞다고 했다. B씨는 상당히 좋은 녹음장비를 가지고 있었다. 내가 집어 들었던 것은 실제로 원본은 아니고 원본을 복사한 것이기 때문에 원본이나 다름없다고 B씨는 설명했다.

원본이 테이프 리코더에서 소리를 재생하고 있을 때 나는 약간의 전율을 느꼈다. 왜냐하면 「사건 25시」에서 들었던 것과 다르다는 것을 감지하고 있었기 때문이다. 나는 B씨에게 원본을 복사할 수 있느냐고 물었다. 그는 복사본을 나에게 건네주었다. 나는 그렇게 쉽게 원본을 얻으리라고는 생각하지 못했었다.

방에서 나온 나는 마음이 급했다. 그 길로 공장에 다시 가야 했다. 과연 그들이 B씨의 말처럼 허위진술을 했는지 다시 한번 확실하게 확인해야 했기 때문이다. 서둘러 성수네 집에서 나와 도로 건너편 다방에서 기다리던 친구와 같이 공장에 찾아들었을 때는 퇴근시간이 임박했을 때였다.

수위실에 들어서면서 마침 그 사건을 잘 아는 D씨를 만나게 되었다. D씨는 B씨를 잘 알고 있었다. 사건이 발생했던 당시에 D씨는 공장을 돌면서 기계와 인원 상태를 점검하는 임무를 맡았던 사람이었다. 나는 그에게 몇 가지를 묻기 시작했다.

"그날 애들이 없어지던 날 말입니다."

"예."

"B씨가 전화를 받고 일찍 퇴근했다고 그러던데요."

"예."

"그 관계에 대해 아는 분이 지금 안 계십니까?"

"6시가 넘어야 들어올 건데요."

"그 내용을 알고 계시는 분이?"

"예."

"전에 왔을 때 젊은 세 분이 있었는데요. 여자 분도 같이 있었고요."

"저도 그때 같이 근무를 했었거든요. 뭔지 모르지만 저한테 물어보세요. 저도 여기 한 5년 정도 있었어요."

"아, 예. 한 달 전에 와서 물어 보니까 B씨가 그날 아침에 출근했다고 하던데요."

"예. 출근했어요. 출근하고 오전인가 오후인가 전화 받고 애를 찾으러 간다고 나갔어요."

"몇 시경에 나갔는지 모르십니까?"

"나간 시간은 잘 모르겠습니다."

"그 전화를 받고 애들을 찾으러 나간 겁니까?"

"예. 오전인가 전화 받고 나갔습니다."

"그 내막을 자세하게 알 수 있는 분이 또 누구 없겠습니까?"

우리는 D씨를 따라 위층 사무실로 올라가 또 다른 간부 P씨를 만났다.

"B씨 아시죠?"

"예."

"그분이 사고 나던 날 출근했는지 알고 싶어서요."

"예. 출근을 했어요. 출근했다가 오후 3시에서 4시 사이에 나갔습니다. 일을 못하고 있어서 물어보니까 애들 때문에 나가셨다고 했던 걸로 기억합니다."

"그게 대강 몇 시쯤 됩니까? 저희들은 오전으로 알고 있는데요."

"오전은 아닌데…."

"기억나는 대로만 말씀해 주세요."

"애들이 없어지던 날, 그날이 선거하는 날이었거든요. 오전인지 오후인지 그건 잘 모르겠네요."

"전화를 받고 나간 겁니까?"

"확실히는 모르겠는데요."

옆에 있던 D씨가 끼어들었다.

"그때 B씨가 하던 일을 J씨하고 교대하고 있었는데요."

"누구요?"

"J씨요."

우리는 D씨의 안내로 식당에 내려가서 J씨의 직장 약도를 받은 뒤 곧바로 그를 찾아 나섰다. J씨는 ○○공장을 그만둔 뒤 얼마 떨어지지 않은 곳에서 자기 공장을 운영하고 있었다.

"J씨 계십니까?"

"예. 접니다."

"전에 ○○공장에 근무하신 일이 있죠?"

"예."

"저희들은 개구리소년에 대하여 조사하고 있는 사람입니다. B씨 아시지요?"

"예."

"그분이 그날 애들이 없어지던 날 오전에 퇴근했다고 하던데요."

"예."

"J씨 하고 기계 체인지를 했죠?"

"예."

"그게 대략 몇 시쯤 됩니까?"

"시간은 뭐 확실하게 모르겠고…."

"대강 11시나 12시쯤 됐습니까?"

"오전에…."

"그래요. 그날 B씨가 출근했다가 전화를 받고…."

나는 J씨의 다음 말을 기다렸다.

"전화가 왔는지 그건 모르고, 애가 없어졌다고 하면서…."

"나간 건 사실입니까?"

"예."

"그날 나간 것이 확실합니까?"

"예."

"그날이 선거일 아닙니까?"

"그렇죠."

"그러니까 J씨 하고 기계 교대를 했다는 거죠?"

"예. 맞습니다."

"몇 시경에 나갔는지는 기억이 안 나십니까?"

"확실히 잘 모르겠어요. 아마 점심시간 가까이 아닌가 싶네요."

"평소에 퇴근 시간은 몇 시입니까?"

"6시요."

"그럼 6시 전에 교대가 됐네요?"

"예. 전화를 받고 사무실에 이야기를 하고 나갔는지 저는 그건 모르구요."

"아무튼 그날 중간에 나간 것은 확실하네요?"

"예."

J씨와 대화를 마치고 우리는 곧바로 고속도로를 달렸다. 어두움은 다시 한번 모든 것을 감추고 있었지만 나는 차 뒷좌석에 앉아 세 사람의 진술을 처음부터 끝까지 세밀하게 검토하면서 선명하게 드러나는 한 사건의 실체를 확인하고 있었다.

"B씨가 틀림없어!"

"그날 있었던 자신의 알리바이를 성립시키지 못하고 있단 말이지?"

"그렇지. 처음부터 공장에서 나온 일이 없었다는 거야."

"일관되게?"

"꼭 그런 것만도 아니었어. 중간에 약간 흔들리는 조짐이 보이기도 했지."

"대질하러 가자는 말은 없던가?"

"전혀!"

"하! 모를 일이군."

"B씨로부터 기계를 인계 받은 J씨, 그날 인원과 기계를 감독했던 D씨, 그리고 간부 P씨. 그 사람들은 하나같이 시간은 정확하지 않지만 중간에 공장에서 나간 것은 틀림없다고 하잖아. 그 사람들의 일치된 증언을 어떻게 부정하겠어?"

"하지만 산에 올라가는 아이들을 목격했다는 목격자들도 시간적으로나 공간적으로 일치했었잖아?"

"그것과는 완전히 다르지. J씨 같은 사람은 직접 B씨로부터 기계를 인계 받았던 사람이고 D씨는 B씨가 자리에 없는 것을 확인했던 사람이야."

창밖으로 펼쳐지는 어두운 허공에 언제부턴가 함박눈이 내리고 있었다.

"함박눈이네."

"눈이 세상을 이렇게 덮듯이 세월이 그렇게 사건을 덮어가고 있는데…."

"문제는 세월이 너무 흘렀다는 거야."

"세월이 아무리 흘러도 증거만 있으면 돼."

"하지만 그게 없잖아."

"알리바이가 증거 아닌가?"

"글쎄."

"B씨는 지금까지 아무도 묻지 않았던 질문을 받자 자신의 알리바이를 만들기 위해 그날 낮에 공장에서 나온 일이 없고 정상적으로 일하다가 6시에 퇴근했다고 주장하는 거야. 대략 점심 무렵부터 저녁 7시경까지 했던 일을 감춰야 하니까."

"그 사람들이 이야기를 만든 것이 아니라면 일단 B씨의 알리바이는 입증이 안 되는 셈이군."

"지금까지는 그렇다고 봐야지. 이게 어떤 사건인데 거짓말을 할 수 있겠어. 또 거짓말을 해야 할 이유도 없잖아? 자기가 정말로 아들을 잃어버린 피해자라면 말이야. 그는 낮에 기계를 동료에게 맡기고 공장에서 나왔다고 말할 수가 없었던 거지. 애를 찾는다고 일찍 퇴근했다는 것을 인정하게 되면 낮에 그 긴 시간 동안 어디서 뭘 했느냐는 질문을 피할 수가 없을 것이고, 물론 거기에 응답할 수도 없을 테지. 인수 할머니의 말에 의하면 그날 낮에 성수네 집 문이 잠겨 있었다고 했으니까 그날 낮에 공장에서 나와 뭔가를 했다고밖에 볼 수 없잖아. 문을 잠가 놓고."

"헌데 한 가지가 마음에 걸려."

"뭐가?"

"자신의 알리바이를 그렇게 엉성하게 해놨을까?"

"무슨 말이야?"

"공장에서 나오면서 동료에게 기계를 봐달라고 맡기고 나왔겠느냐 이거지. 다른 방법으로 알리바이를 만들어 놓고 나올 수도 있었을 텐데."

"그게 쉽지가 않았을 거야."

"왜?"

"그 사람이 당시에 사무직에 근무했었다면 모르지만 당시 B씨에게는 현장에서 할당된 기계가 있었어."

"직물공장 특성상 기계 앞에 사람이 붙어 있어야 한단 말이지?"

"그렇지. 내가 그 공장에서 직접 봤으니까."

"음…."

"그리고 처음에는 그냥 집에 들어와 보라는 연락을 받았겠지. 그렇게 심각한 문제가 발생했을 거라고는 생각하지 못했을 거야."

"좋아. 그럼 중간에 알리바이를 만들기 위해 잠시 공장에 들렀을 수도 있지 않았을까? 자동차로 한 7, 8분 거리밖에 안 되니까."

"공장에 갔다가 다시 돌아오는 사이에 누군가에게 목격될 수가 있거든. 그것이 더 위험했을 거야. 어때?"

"……."

"나에게 완벽한 것을 기대하지는 마. 나도 모르지, 그때 상황이 정확히 어떠했는지는. 하지만 분명한 것은 그의 알리바이가 입증되지 않는다는 거야."

"B씨가 그날 공장에서 나왔다는 것을 당시 수사진에서는 알고 있었을까?"

"아마도 당시 수사진이 B씨에게 직접 질문한 일은 없는 것 같아. 직접 물어봤으면 자신 있게 대답할 텐데 기억이 없는 것 같았거든."

한동안 긴 침묵이 이어졌다.

"인수 할머니의 진술은 얼마나 신뢰할 수 있을까? 문이 잠겨 있었다는 거 말이야."

"나는 믿어. 왜냐하면 성수 어머니가 낮에 공장에 전화해서 B씨를 집으로 불러들였다는 것은 인수 할머니한테 들어서 처음 알게 된 거잖아. 헌데 그게 ○○공장 사람들의 진술과 정확히 일치하거든. 그러면서 그 말 직후에 그 집 문이 잠겨 있었다고 했잖아. 그것은 목격한 일이 아니라 경험했던 일이기 때문에 신뢰도가 높은 거야."

"목격한 것도 일종의 경험 아니야?"

"다르지. 지나면서 목격한 것과 자기 손자를 찾으면서 알게 된 사실은 완전히 다르지. 쉽게 말하면 절실하잖아."

"하지만 경험했다고 해도 그렇게 나이 많은 할머니의 기억력을 믿을 수 있을까?"

"나는 믿어."

"이유는?"

"우리가 인수네 집에 처음 갔을 때 기억나? 인수 할머니는 화투를 치고 있었어."

"그랬지."

"화투 정리하는 패턴을 보니까 상당한 인지력이 있는 거 같아 보였거든."

"자넨 그런 것도 기억해?"

"아무튼 화투 치는 일은 단기기억에 관한 일이지만 인상 깊게 간직된 것은 장기기억으로서 반영구적으로 남는다는 연구 결과가 있어. 루즈벨트 종합병원에서 훈련을 받고 있을 때 내가 담당했던 환자는 펜실베이니아 주가 고향인 허스트 씨 부부였는데, 나는 그때 노인들의 장기기억에 관해서 연구하고 있었어. 2차 세계대전 때 셋째아들의 유품이 전해지던 날의 기억을 83세 된 부인의 기억과 비교해본 일이 있었거든. 놀랍게도 그들의 기억은 정확하게 일치할 뿐더러 그 내용이 아주 상세해. 유품을 가지고 온 장교의 이름까지 기억하더라고."

"흥미로운 이야기네."

"인상적이고 충격적으로 경험했던 일들에 대한 기억도 나이가 들면서 쇠퇴하는 것으로 알기 쉬운데 연구결과는 그게 아니거든. 노인들에게 문제가 되는 것은 단기기억과 문제풀이가 어려울 뿐이야. 그게 내가 인수 할머니의 진술을 믿는 이유야."

"이론적으로는 그렇겠지만…."

"물론 이론이지만 노인들의 기억이라고 무조건 신빙성을 낮게 보는 것은 우리의 잘못된 습관이야. 하지만 보다 현실적인 근거도 있어."

"뭔데?"

"내가 인수 할머니를 찾아갔을 때 그 사건은 이미 2년 7개월이나 흘렀어. 그런데 아무런 이해관계가 없는 처음 보는 나에게 순식간에 없는 말을 만들어서 했을까? 그것도 자기 아들이 옆에 앉아 있는데 말이야."

"……."

"그냥 만들어서 했던 이야기가 공장에 있는 사람들 진술과 우연히 일치했던 거라고 보기도 어려운 일이고."

"그 점은 그러네."

"기억창고에 데이터가 있으니까 그냥 기억나는 대로 이야기했던 거라고 보는 게 옳을 거야."

"그 문제는 그렇다고 치고, 한 가지 이해 안 되는 게 또 있어."

"뭔데?"

"지난번과 같은 문제점이야. 감시하기 위해서 남자 화장실에 노크를 하고 나서 여자 화장실로 들어섰다고 하지. 의심받지 않게 적당히 시간을 보내고 나오면 될 텐데 왜 그랬을까? 그냥 습관적으로 그랬던 거 아닐까?"

"습관이라고? 무슨 그런 습관이 있겠나?"

"지난번 것은 그렇다 치고 이번 것은 어떻게 설명할 텐가?"

"지난번에는 안에서 밖으로 나오면서 있었던 일이었는데 이번에는 그 반대야. 밖에서 안으로 들어가면서 생긴 일이란 말이야. 내가 먼저 화장실에서 나왔다고 생각해 보자고. 화장실에서 나와서 그냥 그 앞에 서 있겠나?"

"무슨 말이야?"

"내가 남자 화장실에서 먼저 나왔다면 자연스럽게 안쪽을 향하여 진행했을 거란 말이야."

"어디로?"

"본채 뒤편이나 아니면 보일러가 있는 방향으로. 무슨 말인지 알겠어?"

"자네가 그쪽으로 접근하는 것이 꺼림칙했을 거란 말인가?"

"단순히 그 정도가 아니었겠지. 자기가 여자 화장실에 있는 사이에 내가 뒷골방 근처를 살필지도 모른다고 생각했다면 두려웠을 거야. 그래서 그는 신속히 미리 나와 방문 앞에서 나를 기다리고 있었던 거라고 생각해."

"사람을 안내하는 것처럼?"

"그렇지."

"자네 말대로라면 경계해야 할 곳이 한 군데가 아니라 두 군데네."

"그렇지. 뒷골방 근처와 변소 근처."

"그렇다면 만약 나중에 어디선가 아이들의 유골이 나타난다면 그 유골의 형태는 두 가지로 나타날 수도 있겠네?"

"그렇다고 봐야지. 유골이 수년간 묻혀 있었던 환경이 다를 테니까."

친구는 잠시 고개를 들어 시선을 고정시켰다. 나는 친구의 다음 말을 기다렸다.

"자네 설명은 변명처럼 들려."

"뭐가?"

"화장실과 뒤편의 골방이 그렇게 두려웠으면 왜 애초에 자네를 데리고 집으로 가자고 했겠느냔 말이지. 집에 안 데리고 가면 모든 게 간단하잖아. 안 그래?"

"나도 그 점에 대해 생각해 봤어."

"이유가 뭐야?"

"몰라. 하지만 그것은 그 사람의 성격이라고 생각해."

"성격?"

"응."

"무슨?"

"사실 난 B씨와 게임을 하고 있어. 지금 현재도 게임 중이야."

"무슨 게임?"

"지난번에 모씨를 만나던 날 생각나지?"

"크리스마스 날?"

"응. 자넨 모르겠지만 나는 그날 B씨를 봤어."

"그날?"

"응."

"언제?"

"그날 오전 10시 반경에 먼저 태수네 집을 찾아갔던 거 기억나지?"

"못 만났잖아."

"모씨를 2시에 만나기로 하고 2시가 조금 못 돼서 도로를 건너 동네로 들어서려고 하는데 B씨가 대문 앞에 서 있는 거야. 자넨 다방에 있었으니까 못 봤지. 나는 한순간도 놓치지 않고 숨을 죽여 가며 그를 주시하고 있었어."

"그래서?"

"B씨가 좌우를 살피더니 집 앞 공터를 지나 하수관이 흐르는 곳까지 걸어 나오는 거야. 거기에 버려진 검정색 고물차가 있었고 길은 거기서 막혔어. 알지, 그 버려진 차?"

"응."

"B씨가 갑자기 그 고물차 지붕에 올라가더니 몇 차례 굴러보는 거야. 그리고 다음에는 차 안으로 들어가 고개를 숙여 내부에서 뭔가 뜯어내는 것 같은 행동을 보이더란 말이지. 그래서 처음엔 무슨 부속품 같은 것을 빼내려는 줄 알았어. 한참 후에 B씨가 집으로 들어가고 나서 그 고물차가 있는 데까지 가서 자세히 살펴보니까 그 차는 뜯어 갈 만한 게 전혀 없는 뼈대만 남은 완전 고물이었어."

"음…."

"도대체 거기서 뭘 했을까?"

"……."

"그 고물차가 버려진 곳은 사방이 완전히 터져 있어서 모든 방향에서 그의 행동이 쉽게 관찰될 수 있는 곳이야. 그런 위치에서 도대체 무슨 심리적인 배경에서 그런 이해할 수 없는 행동을 하게 되었을까?"

"글쎄."

"그날 난 그 의문점을 내내 머릿속에서 굴리고 있었어. 행동에는 반드시 이유가 있기 때문이지."

"어련하겠나. 그래서?"

"근데 그날 자정 무렵 정확히 말해서 12월 25일 11시 55분과 56분 사이에 그 미스터리가 풀렸어."

"그땐 우리가 집에 돌아왔을 때잖아."

"맞아. 두 번 정체불명의 전화가 걸려 왔었지. 피곤에 지쳐 쓰러져 막 자려는데 11시 55분경에 전화벨이 울렸어. 난 그렇게 늦은 시각에 전화를 받는 예가 거의 없어. 어쨌든 전화 수화기를 들고 '여보세요'라고 반응을 보였지만 상대방은 수화기만 들고 있을 뿐 아무런 응답이 없더라고. 그리고 2, 3초가 경과하고 전화를 끊었어. 11시 55분이었어. 약 30초 후에 다시 벨이 울렸어. 물론 상대방은 아무 말 없이 수화기를 들고 있다가 다시 전화를 끊었어."

"장난전화 아니야?"

"그것은 분명 장난전화가 아니었어. 그리고 불을 끄고 자리에 누우려는데 처가 이런 전화가 낮에도 한차례 왔었다는 거야."

"그래?"

"응. 패턴이 비슷해. 5분 간격으로 두 번. 낮 11시 5분경과 10분경에."

"장난전화가 아니라면… B씨가?"

"그날 낮 2시가 조금 못 된 시각에 B씨가 그 버려진 자동차 위에서 했던 행동의 미스터리가 풀리더라고."

"……."

"그때 우리는 그 전날 인수네 집과 크리스마스 날 낮에 태수네 집, 그리고 ○○공장을 돌아다니면서 집중적으로 B씨의 당일 행적을 알아보고 있었어. 아마도 B씨는 누군가가 동네를 돌고 있다는 말을 전해 들었을 거야."

"항상 집에 있으니까."

"그리고 B씨는 내가 동네를 돌고 있다고 생각했을 거야. 그것을 확인하고 싶었던 거야. 그래서 크리스마스 날 오전 11시 5분경에 우리 집에다 전화를 건 거야."

"자네가 집에 있나 확인하려고?"

"크리스마스 날이니까 집에 있을 가능성이 높을 거라고 판단했을지도 모르지."

"그래서?"

"5분 간격으로 두 번 전화를 했는데 내가 안 받으니까 B씨는 동네를 돌며 자신에 대해 알아보고 다니는 사람이 나라는 것을 확신했을 거야."

"그래서?"

"B씨는 내가 다방에서 나와 도로를 건너 동네로 들어서고 있을 때 아마도 나를 먼저 목격했을 거라고 생각해."

"그래서?"

"그리고 일종의 방어행동을 보인 거야."

"무슨?"

"일종의 경고성 행동과시를 했던 거지. 동물의 세계에서 흔히 자기구역을 침입해 오거나 위협을 주는 대상이 나타나면 시각적으로 많은 자극을 줄 수 있는 몸짓이나 소리로 '이곳은 내 구역이니 나를 위협하지 마라' 는 행동표현을 하잖아. 상대방이 자기를 목격할 수 있게끔 유도하는 일종의 방어수단이었던 거야. 바로 그런 심리적 배경에서 그와 같은 행동이 나왔을 거라고 생각해."

"하! 그래서?"

"아니면 알고 싶은 게 있으면 내가 여기 있으니 와서 물어보라는 일종의 홍보일 수도 있고. 두 가지가 복합됐다고 보는 게 맞겠지. 그렇지 않고는 아무것도 없는 뼈대만 남은 고물차 위에 올라가 그런 동작을 해야 할 이유를 전혀 설명할 길이 없어."

"그날 밤 자정 무렵에 걸려온 전화의 목적은?"

"그것은 그 시각까지도 내가 그 동네에 머물고 있는지를 확인해 보고 싶었던 거지."

"전화번호는 어떻게 알았을까?"

"처음 B씨를 만나던 날 내가 적어 줬어."

"그래서 뭐가 성격이란 말이야?"

"그 사람과 나 사이에는 이미 기이한 신경전이 전개되고 있다는 생각이 들어. 어쩌면 그 관계는 상당히 오래갈 것 같다는 생각도 들고. 아무튼 B씨가 집 안에서 경계해야 할 곳이 있음에도 불구하고 나를 자신감 있게 집으로 안내하곤 했던 것은….”

“뭐?”

“블러핑(Bluffing)이란 단어 아나? 상대방으로 하여금 더 이상의 추격을 못하게, 즉 중간에 포기하게끔 할 목적으로 자신 있는 태도를 마지막 순간까지 일관되게 유지하는 방어기술 말이야. 포커 판에서 자주 쓰는 행동이지.”

“허 참! 이런 소설 같은 이야기를 믿어 줄 사람이 대한민국에 과연 몇이나 될까? 미안한 이야기지만 따라다니는 나도 오락가락하는데 말이야.”

“그보다 내가 우려하는 것은….”

나는 한동안 창밖으로 시선을 던진 채 심각한 표정으로 침묵을 지키고 있었다.

“지금 B씨는 내가 어느 정도 윤곽을 잡고 좁혀오고 있음을 느끼고 있을 거야.”

“그래서?”

“이제는 주위 사람들의 시선도 어느 정도 무감해졌으니까 조만간 뭔가를 하지 않을까?”

“다른 곳으로 옮긴단 말이지?”

“그 화장실 근처를 헐고 거기에 새 집을 짓는다면 이 사건은 영원히 미궁에 빠져들 수도 있거든. 그래서 빨리 손을 써야겠는데 말이야."

"흐음!"

"그것 말고 물적 증거를 확보한다는 것은 지금으로서는 쉽지 않을 것 같아."

"그건 위험한 일인데…."

나는 나의 마음속 깊은 곳에서 서서히 융기하고 있는, 그래서 언젠가는 나에게 선택을 강요할 그 위험한 욕망의 실체를 정면으로 응시하고 있었다.

(제2권에서 계속)

아이들은 산에 가지 않았다 1

한 심리학자의 개구리소년 추적기

초판 1쇄 인쇄 2005년 11월 10일
초판 1쇄 발행 2005년 11월 20일

지은이 김가원
펴낸이 김연홍

편　집 안현주 조원미
디자인 성희찬
영　업 김은석 송갑호
관　리 박은미 이세형

펴낸곳 디오네
출판등록 2004년 3월 18일 제 313-2004-00071호
주소 121-865 서울시 마포구 연남동 224-57
전화 02-334-7147 **팩스** 02-334-2068

값 8,800원

ISBN 89-89903-79-3 04810
ISBN 89-89903-78-5 (전2권)

주문처 아라크네 02-334-3887